ŒUVRES

DE MONSIEUR

HOUDAR DE LA MOTTE,

L'un des Quarante de l'Académie Françoise.

Dédiées A S. A. S. M. LE DUC D'ORLÉANS, Premier Prince du Sang.

TOME PREMIER. 5

PREMIERE PARTIE.

A PARIS,

Chez PRAULT l'aîné, Quai de Conti, à la descente du Pont-Neuf, à la Charité.

M. DCC. LIV.

Avec Approbation & Privilége du Roi.

A

SON ALTESSE SÉRÉNISSIME,

MONSEIGNEUR

LE DUC D'ORLEANS,

PREMIER PRINCE DU SANG.

ONSEIGNEUR,

La permission que VOTRE *ALTESSE* SERENISSIME *a bien voulu m'accorder, de met-*

ÉPISTRE.

tre son nom à la tête du Recueil des Ouvrages de M. de la Motte, est pour moi le gage le plus précieux de la protection dont Elle m'honore, & , pour ce Recueil même , le plus sûr garant des suffrages du Public.

Je suis avec le plus profond respect ,

MONSEIGNEUR,

DE VOTRE ALTESSE SERENISSIME,

Très-humble & très-obéissant serviteur, * * *.

PORTRAIT

DE M. DE LA MOTTE,

Par feue Madame la Marquise
DE *LAMBERT.*

MONSIEUR de la Motte me demande son Portrait ; il me paroît très-difficile à faire ; ce n'est pas par la stérilité de la matiere, c'est par son abondance. Je ne sais par où commencer, ni sur quel talent m'arrêter davantage. M. de la Motte est Poëte, Philosophe, Orateur. Dans sa Poësie il y a du génie, de l'invention, de l'ordre, de la netteté, de l'unité, de la force, & quoiqu'en ayent dit quelques Critiques, de l'harmonie & des images : toutes les qualités nécessaires y entrent ; mais, son imagination est réglée ; si elle pare tout ce qu'il fait, c'est avec sagesse ; si elle répand des fleurs, c'est avec une main ménagere, quoiqu'elle en pût être aussi prodigue que toute autre : tout ce qu'elle produit, passe par l'examen de la raison.

M. de la Motte est Philosophe profond. Philosopher, c'est rendre à la raison toute sa dignité, & la faire rentrer dans ses droits ;

c'eſt rapporter chaque choſe à ſes principes propres, & ſecouer le joug de l'opinion & de l'autorité. Enfin, la droite raiſon bien conſultée, & la nature bien vûe, bien entendue, ſont les maîtres de M. de la Motte. Quelle meſure d'eſprit ne met-il pas dans tout ce qu'il fait ? Avec quelles graces ne nous préſente-t'il pas le vrai & le nouveau ? N'augmente-t'il pas le droit qu'ils ont de nous plaire ? Jamais les termes n'ont dégradé ſes idées ; les termes propres ſont toujours prêts & à ſes ordres.

Son éloquence eſt douce, pleine & toute de choſes. Il régne dans tout ce qu'il écrit, une bienſéance, un accord, une harmonie admirables. Je ne lis jamais ſes Ouvrages, que je ne penſe qu'Apollon & Minerve les ont dictés de concert. Un Philoſophe a dit que quand Dieu forma les ames, il jetta de l'or dans la fonte des unes, & du fer dans celle des autres. Dans la formation de certaines ames privilégiées, telles que celle de M. de la Motte, il a fait entrer les métaux les plus précieux : il y a renfermé toute la magnificence de la nature. Ces ames à Génie, ſi l'on peut parler ainſi, n'ont beſoin d'aucun ſecours étranger ; elles tirent tout d'elles-mêmes. Le Génie eſt une lumiere & un feu de l'Eſprit, qui conduit à la perfection par des moyens faciles.

L'ame de M. de la Motte eft née toute inftruite, toute favante ; ce n'eft pas un favoir acquis, c'eft un favoir infpiré. On fent dans tous fes Ouvrages cette heureufe facilité qui vient de fon abondance ; il commande à toutes les facultés de fon ame, il en eft toujours le maître, auffi bien que de fon fujet. Nous n'avons pas vû en lui de commencement ; fon Efprit n'a point eu d'enfance ; il s'eft montré à nous tout fait & tout formé.

Ses malheurs lui ont tourné à profit. Quand ce monde matériel a difparu à fes yeux par la perte de la vûe, un monde intellectuel s'eft offert à fon ame ; fon intelligence lui a tracé une route de lumiere toute nouvelle dans le chemin de l'Efprit. La vûe, plus que tous les autres fens, unit l'ame avec les objets fenfibles. Quand tout commerce a été interrompu avec eux, l'ame de M. de la Motte deftituée de ces appuis extérieurs, s'eft recueillie & repliée fur elle-même ; alors elle a acquis une nouvelle force, & eft entrée en jouiffance de fes propres biens.

Laiffons l'homme à talens & envifageons le grand homme. Souvent les talens fupérieurs fe tournent en malheur & en petiteffe ; ils nous expofent à la vanité, qui eft l'ennemie du vrai bonheur & de la vraie

grandeur. Ce font les grands fentimens qui
font les grands hommes. Nulle élévation
fans grandeur d'ame & fans probité. M. de
la Motte nous a fait fentir des mœurs &
toutes les vertus du cœur dans ce qu'il a
écrit ; fes qualités les plus eftimables n'ont
rien pris fur fa modeftie ; cet orgueil lyrique qu'on lui a reproché, n'eft que l'effet
de fa fimplicité , un pur langage imité des
Poëtes fes prédéceffeurs , & non un fentiment. M. de Fenelon , cet homme fi ref-
pectable, dit de Monfieur de la Motte que
fon rang eft réglé parmi les premiers des
modernes ; qu'il faut pourtant l'inftruire
de fa fupériorité & de fa propre excellence.

C'eft un fpectacle bien digne d'attention, difoient les Stoïciens, qu'un homme
feul aux mains avec les privations & la douleur. Quelle privation que la perte de la
vûe, pour un homme de Lettres ! Ce font
les yeux qui font les organes de fa jouiffance ; c'eft par les yeux qu'il eft en fociété
avec les Mufes ; elles uniffent deux plaifirs
qui ne fe trouvent que chez elles, le defir
& la jouiffance. Vous n'effuyez avec elles
ni chagrin , ni infidélité ; elles font toujours
prêtes à fervir tous vos goûts, & nous offrent toujours des graces nouvelles ; mais
nous ne jouiffons de la douceur de leur
commerce, que quand l'efprit eft tranquille.

& que le cœur & les mœurs sont purs.
Non-seulement M. de la Motte soutient de
si grandes privations, mais s'il est livré à
la plus vive douleur, il la souffre avec pa-
tience ; il est doux avec elle, il fait sentir
qu'il n'a point usé dans les plaisirs, ce fond
de gayeté que la nature lui a donné, puisqu'il fait la retrouver dans ses peines. Dans
la douleur, il faut que l'ame soit toujours
sous les armes, qu'à tout moment elle rappelle son courage, & qu'elle soit ferme
contre elle-même.

Il a passé par l'épreuve de l'envie. Quand
l'ame ne fait pas s'élever par une noble
émulation, elle tombe aisément dans la
bassesse de l'envie. Quelle injustice n'a-t-il
pas souffert quand ses Fables parurent ? Je
crois que ceux qui les ont improuvées n'a-
voient pas en eux de quoi en connoître
toutes les beautés ; ils ont crû qu'il n'y avoit
pour la Fable que le simple & le naïf de
M. de la Fontaine ; le fin, le délicat, le
pensé de M. de la Motte leur ont échappé,
ou ils n'ont pas su le goûter. A ses Tragédies, on a vû les mêmes personnes pleurer
& critiquer ; leur sentiment, plus sincere,
déposoit contre leur injustice ; ils se refu-
soient à ses douces émotions, & mettoient
l'improbation à la place du plaisir.

Avec quelle dignité & quelle bienséance

n'a-t'il pas répondu à la Critique amere de Madame Dacier ? Enfin nous jouiffons de fon mérite & de fes talens , & la malignité du fiécle l'empêche de jouir de fa gloire & de fon immortalité. Pour moi , je le vois avec les mêmes yeux que la poftérité le verra.

La conftante amitié de M. de Fontenelle pour M. de la Motte , fait l'éloge de tous les deux ; le premier m'a dit que le plus beau trait de fa vie étoit de n'avoir pas été jaloux de M. de la Motte. Jugez du mérite d'un Auteur , qu'un auffi grand homme que M. de Fontenelle a trouvé digne de fa jaloufie.

LETTRE

A

MADAME T. D. L. F.

SUR MONSIEUR

HOUDAR DE LA MOTTE,

De l'Académie Françoise.

M ADAME,

Quand je vous mandai la maladie de M.
de la Motte, je ne comptois pas vous apprendre fa mort huit jours après. Il tomba
malade, comme je vous l'ai dit, le Mardi
18 Décembre. Les jours fuivans nous jet-
terent dans des craintes mortelles. Elles fi-
rent place le Lundi aux plus douces efpérances, qui s'évanouirent prefque auffi-tôt ;
& il mourut enfin le Mercredi 26, entre
fix & fept heures du matin, âgé de près de
foixante ans (a).

(a) M. de la Motte étoit né à Paris le 17 Janvier 1672.

a iiij

Quelle perte je fais, MADAME ! Que dis-je ? Me sied-il de parler de moi ? Ne devrois-je pas oublier mon intérêt propre, & ne songer qu'à l'intérêt général de tous ceux qui dans la France aiment les Ouvrages d'esprit, de tous ceux qui dans l'Europe lisent les bons Ouvrages François ? Mais ma perte pour m'être commune avec tant d'autres, n'en est que plus grande. Dans cet illustre Auteur, aimé, estimé, regretté de tout le monde, dans M. de la Motte je pers un homme qui m'aimoit.

Je crois dire ceci sans orgueil. J'aimois moi-même M. de la Motte plus que je ne puis vous dire, plus que je ne croyois l'aimer ; & quand on aime à un certain point, on ne tire pas vanité d'être aimé.

Vous la connoissiez, MADAME, toute mon amitié pour M. de la Motte. Cette amitié prise dès ma plus tendre jeunesse, sur la seule lecture de ses Ouvrages, où sans le vouloir, sans y songer, il s'est peint si aimable ; cette amitié portée depuis à la plus vive tendresse par un commerce de plusieurs années. Quelque estime que vous eussiez vous-même pour lui, vous m'avez souvent fait une guerre feinte sur la mienne, par une ingénieuse malice. Vous aimez trop, me disiez-vous, votre estime n'est d'aucun poids. Je répondois, & vous croyiez trou-

ver dans la chaleur de mon difcours, dans
le ton animé de ma voix, la preuve de votre reproche. Ne me dites point vos raifons, ajoutiez-vous, écrivez-les moi tout
fimplement ; ceffez d'être ami, ne foyez
que critique ; laiffez-là votre cœur, laiffez-
là M. de la Motte, parlez-moi de l'Auteur
des Odes, des Fables, d'Inès de Caftro,
&c...

Je vous obéis, Madame, je vais écrire.
Il eft vrai que d'ordinaire on ne penfe pas
affez exactement de ce qu'on aime, & on
en parle moins exactement encore qu'on
n'en penfe. Non-feulement l'amitié nous
engage à eftimer au-delà du mérite réel,
mais encore elle nous entraîne à louer au-
delà de notre eftime ; on en croit plus qu'il
n'en faut croire, & on en dit plus qu'on
n'en croit. Je me flatte qu'avec de l'attention j'éviterai ce dernier excès. Je ne dis
rien du premier, il me faudroit plus que de
l'attention pour m'en garantir : Vous en ju-
gerez, Madame, votre jugement fera ma
régle ; & fi vous n'avez pas eftimé mon dif-
cernement, vous aimerez ma docilité.

J'ofe le dire, fi jamais quelqu'un eut droit
au titre d'efprit univerfel, c'eft M. de la
Motte. *Du feul M. Leibnits nous ferons
plufieurs Savans*, dit M. de Fontenelle,
dans l'Eloge de cet illuftre Etranger ; du

feul M. de la Motte on auroit fait plufieurs hommes d'efprit. Voici donc fon caractére, l'univerfalité des qualités de l'efprit, fans doute flateufe plus que celle des connoif-fances.

Mais ces qualités étoient-elles médiocres en lui ? Le brillant & la folidité, la vivacité & la juftefse, l'enjouement & le badinage fin & léger, la force & la profondeur du raifonnement, tout cela n'étoit-il pas réuni en fa perfonne au plus haut degré ? Mais falloit-il en chercher la preuve dans fes Ouvrages ? Etoit-il de ceux qu'on admire dans leurs Livres, & qu'on trouve prefque inférieurs au commun des hommes dans la converfation ? Celle de M. de la Motte étoit encore fupérieure en un fens à fes Livres. Il n'a pas écrit fur tout ; de quoi ne parloit-il point, & avec quelle lumiere ? C'eft la con-noiffance du détail des fciences qui fait les Savans ; M. de la Motte ignoroit ce détail, il n'étoit donc pas favant, à prendre ce ter-me felon l'acception commune, il étoit quelque chofe de mieux. Il avoit des ad-mirateurs dans toutes les Académies, & fur-tout dans l'Académie des Sciences, maintenant auffi polie que favante. Un de nos plus grands Géométres, & pourtant un très-bel efprit (*a*) : (on fait à qui cette

_____

(*a*) M. de Maupertuis.

louange a été donnée & par qui (*a*)) m'a
dit plufieurs fois, qu'il y avoit dans M. de
la Motte de quoi faire un Newton, un
Leibnits. Plus jaloux de l'honneur de fa
Profeffion, que de fa propre gloire, il re-
grettoit qu'il eût échapé aux Mathémati-
ques. La nature dit à chaque homme en le
formant, foyez cela, & ne foyez point autre chofe, fi vous voulez être quelque chofe.
Elle avoit dit à M. de la Motte, foyez ce
que vous voudrez. La régle de fuivre fon
talent n'étoit pas faite pour lui, elle l'eût
obligé à tout, & ainfi à l'impoffible. Il a
choifi parmi tant de talens, il eft incertain
s'il a fait le meilleur choix, & cette incer-
titude fait fa gloire.

Au refte, tout le monde convient qu'il
étoit un efprit du premier ordre. Sa Profe
eft généralement admirée. On eftime auffi
beaucoup fes Odes, au moins les premieres ;
il n'en eft pas de même de fes autres Ouvrages en vers, de fes Tragédies, par exemple, aufquelles, malgré leur fuccès, on
contefte le mérite de la verfification. Elles
plaifent fur le Théatre, dit-on, & ennuient
à la lecture. Le fait eft-il bien certain ?
L'expérience eft-elle bien générale ? Pour
moi je les ai vû lire avec plaifir. Inès a ar-
raché des larmes aux lecteurs auffi bien

(*a*) M. de Fontenelle.

qu'aux spectateurs, sur les Théatres des Provinces aussi bien que sur celui de Paris. Mais n'est-ce rien que de plaire au Théatre? C'est plutôt l'essentiel. Le simple Versificateur y échoue, le seul Poëte y réussit. On m'objectera quelques Piéces peu estimées qui ont eu beaucoup de succès ; & je répons, que des Piéces touchantes & intéressantes, où par conséquent il y a de l'invention, de la conduite & du sentiment, sont plus estimables, supposent dans celui qui les a faites plus de génie & de talent vraiment Poëtique, que l'assemblage des Scénes le plus heureusement versifiées ; que la vraie Tragédie est celle qui plaît aux spectateurs, parce qu'étant faite pour le Théatre, on n'en juge bien sûrement que par l'impression qu'elle fait au Théatre même ; & qu'enfin Corneille, tout superieur qu'il est à Racine, par l'étendue & la force du génie, se fait moins lire que lui. Mais je reviens, MADAME, & je veux vous faire voir dans l'excellence même de la Prose de M. de la Motte la principale cause, & du jugement moins avantageux qu'on a porté de ses Vers, & de la préférence qu'on donne communément sur ses autres Poësies, à ses premieres Odes qui parurent quelques années avant ses grands Ouvrages de Prose. Permettez-moi, MADAME, de donner à ceci quelque étendue pour me faire mieux entendre.

La perfection impossible en tout genre l'est sur-tout dans les Vers ; il est moins difficile en soi d'en approcher dans la Prose ; je dis en soi, car on peut avoir plus de talent pour le moins facile, pour les Vers ; & alors ce qui est plus difficile en soi, devient plus facile eu égard à la disposition particuliere. De-là il est arrivé que le premier talent connu pour la Prose, l'emporte de beaucoup sur le premier talent connu pour les Vers, que notre meilleur *Profateur* est beaucoup plus près de la perfection que notre meilleur Poëte ; & que chacun de ces genres demandant un tour d'esprit particulier, & très-différent de celui qui fait réussir dans l'autre, nos plus grands hommes jusqu'à M. de la Motte ont été Poëtes ou Profateurs, & non l'un & l'autre ; la médiocrité des Vers de ceux de nos plus fameux Ecrivains en Prose qui en ont voulu faire, & la médiocrité de la Prose de nos meilleurs Versificateurs, font reconnues de tout le monde (*a*). On ne peut m'objecter Racine. Un Discours Académique, quoique fort beau, quelques Préfaces de trois ou quatre pages, quoique bien écrites, ne va-

(*a*) Il faut excepter M. de Voltaire, dont la Prose est peut-être encore au-dessus de ses Vers.

lent pas la peine d'être objectées. Il faudroit des Ouvrages en plus grand nombre
ou plus étendus. Mais M. de la Motte qui
s'étoit annoncé d'abord comme Poëte dans
la République des Lettres, qui dès 1697
avoit débuté par un des chef-d'œuvres du
Théatre de l'Opera, l'*Europe Galante*, sui-
vie d'*Issé*, d'*Omphale*, du *Triomphe des
Arts*, &c. (*a*) . . . donna *ses Odes* en 1707,
à la tête desquelles paroît un Discours admirable, un chef-d'œuvre de Prose. Ses
autres œuvres vinrent ensuite, toujours également mêlées de Vers & de Prose. Celle-
ci portée à toute la perfection connue, &
d'autant plus inattendue dans un Poëte,
s'attira une attention singuliere, & même
une sorte de respect. Enfin elle effaça presque ces Vers à l'occasion desquels elle avoit
été faite. L'occasion fut saisie par ceux qui
n'aimoient pas M. de la Motte, pour les raisons que je dirai tout à l'heure : La Prose
étoit hors d'atteinte, ou ne les regardoit

(*a*) Je ne regarde ici ces Ouvrages que du côté
de la Poésie, car je suis bien éloigné de les approuver, en les considérant du côté de la Morale.
En général je ne loue M. de la Motte, que comme feu M. l'Archevêque de Cambray a loué Corneille, Racine, Moliere, & M. de la Motte même.
Voyez sa Lettre à l'Académie. Au reste, nous n'a-
vons de M. de la Motte ni Vers obscénes, ni Vers
satyriques.

pas , les Vers prêtoient davantage à la critique ; ils furent attaqués , & ne craignons
point de le dire , ils le furent avec fuccès ;
mais ce fera toujours le fort des meilleurs
Vers. On en conclut aujourd'hui qu'ils font
inférieurs à fa Profe ; on a raifon en un fens ,
ils font moins parfaits , & ne font pas moins
eftimables , ils ne font bons que comme de
bons Vers , ils font bien éloignés d'être bons
comme de bonne Profe , & fur-tout de la
Profe comme celle de M. de la Motte. On
a dit , que ne fe bornoit-il à écrire en Profe?
Et moi je dirois , que ne fe bornoit-il à
écrire en Vers ! Et ne favoit-il pas que
l'effet ordinaire de la comparaifon entre
deux chofes inégalement bonnes , fur-tout
en matiere d'Ouvrages d'efprit , & quand
il s'agit des Ouvrages d'un même homme ,
eft de faire trouver mauvaife celle qui n'eft
qu'inférieure. La plus grande louange qu'on
pût donner à des Vers , ce feroit peut-être
de dire qu'ils valent de la Profe , mais je
n'en connois point de tels. Les excellens
Vers touchent , charment , enlevent , il n'appartient qu'à la Profe de fatisfaire.

Mais voici , Madame , un raifonnement
plus fimple & décifif , pour conferver à
M. de la Motte le rang de Poëte , & de
grand Poëte qu'on lui veut ôter fi injufte-

ment (*a*). Il a travaillé dans plufieurs gen-

(*a*) Je crois qu'on lira ici avec plaifir quelques témoignages rendus en faveur de M. de la Motte par des Auteurs d'un grand mérite, mais qu'on ne peut foupçonner de l'avoir voulu flatter. Les raifons en font connues. Je fouhaite qu'avant que d'aller plus loin on life ce que je vais citer.

Je commence par Madame Dacier. Elle n'a pû s'empêcher de donner de grandes louages à M. de la Motte dans fon Livre des Caufes de la Corruption du Goût. Elle reconnoît page 3. que » c'eft » un homme de beaucoup d'efprit. Page 8. que » fa Profe eft légere, vive, fpécieufe ; que l'Ou-» vrage même en queftion » (le Difcours fur Homere & l'Iliade) » a furpris des gens favans, » des gens dont la profeffion eft d'être hommes » de Lettres, & même de les enfeigner. » (On voit bien ceux qu'elle défigne.) » Quels éloges, » ajoute-t-elle, n'en a-t'on point fait dans des » Ecrits publics ! » Et vers la fin de fa réponfe. » « Au refte, dit-elle, cette critique n'eft nulle-« ment pour diminuer dans le public l'eftime qui » eft dûe à M. de la Motte, & qu'il mérite par » tant d'autres endroits... Je croirois rendre un » grand fervice au public, fi je pouvois éclairer » un homme de fon mérite, ce feroit en quelque » forte avoir contribué à tout ce qu'il feroit de » beau dans la fuite.

M. Boivin a parlé de la même maniere. » Je » ne crois pas, » dit-il dans l'Avertiffement de fon Apologie d'Homere, » qu'il foit néceffaire » de juftifier ici la liberté que je prens d'attaquer » un homme du mérite & de la réputation de M. » de la Motte, il eft trop galant homme...

res de Poëſie, n'a-t'il réuſſi dans aucun ? Il

M. l'Abbé Maſſieu de l'Académie Françoiſe, & de celle des Belles-Lettres, dans ſes Remarques ſur la 12ᵉ. Ode de Pindare, que M. de la Motte a imitée dans celle qu'il adreſſe à M. le Duc de Barwic, lui donne le titre *d'un de nos meilleurs Poëtes lyriques,* quoiqu'enſuite il cenſure aſſez vivement ſon imitation.

Le même, critiquant dans la Préface qu'il a miſe à la tête des Œuvres de M. de Tourreil quelques expreſſions des Fables de M. de la Motte, » le » nomme un de nos meilleurs Ecrivains. Et plus » bas : je rens juſtice avec plaiſir, dit-il, à un » grand nombre de très-beaux Ouvrages qu'il » nous a donnés.

M. l'Abbé du Bos, Secrétaire perpétuel de l'Académie Françoiſe, dans ſes excellentes Réfléxions ſur la Poëſie & ſur la Peinture, donne à M. de la Motte la louange la plus complette, en le louant également du côté de l'eſprit & du cœur. Le morceau eſt d'une grande beauté ; je le cite en entier. Parlant de la décadence des ſiécles : » Je « ne veux point, dit-il, prévoir la décadence du » nôtre, quoiqu'un homme qui a beaucoup d'eſ- » prit (M. de Fontenelle,) ait écrit il y a déja » plus de 30 ans » (il faudroit dire aujourd'hui près de 70.) » en parlant des beaux Ouvrages » que ce ſiécle a produits. » Il en faut convenir de bonne foi, il y a environ dix ans que ce bon tems eſt paſſé. » M. Deſpreaux avant que de mou- » rir a vû prendre l'eſſor à un Poëte lyrique, né « avec les talens de ces anciens Poëtes, à qui Vir- » gile donne une place honorable dans les champs » Eliſées, pour avoir enſeigné les premiers la » Morale aux hommes encore féroces. Les Oua fait de très-belles Odes, répondent ceux qui lui font le moins favorables, mais il devoit s'en tenir là. Quoi, Meſſieurs, il a fait de très-belles Odes, & il n'étoit pas Poëte, il ne l'étoit pas aſſez pour les autres genres de Poëſie ? Vous l'aviez cru Poëte ſur ſes Odes, & vous avez ceſſé de le croire ſur ſes Fables, ſes Tragédies ? Vous auriez tort ; quand celles-ci ſeroient auſſi mauvaiſes que vous le dites, il en faudroit ſeulement conclure que M. de la Motte n'étoit pas propre à la Fable, à la Tragédie ; la

» vrages de ces anciens Poëtes qui furent un des
» premiers biens de la ſocieté, & qui donnerent
» lieu à la Fable d'Amphion, ne contenoient pas
» des maximes plus ſages que les Odes de l'Au-
» teur dont je parle, à qui la nature ne ſemble
» avoir donné du génie que pour parer la Mo-
» rale, & pour rendre aimable la vertu. » *Réflexions critiques ſur la Poëſie & ſur la Peinture*,
tom. 2. pag. 180. M. l'Abbé du Bos, zélé défen-
ſeur des Anciens, dans le Livre même dont il
s'agit, & y combattant même expreſſément le Diſcours de M. de la Motte ſur Homere, n'oppoſe
néanmoins que lui à l'objection de la décadence
du ſiécle. Voilà un rare exemple d'équité.

Enfin M. de Voltaire dans une Lettre aux Auteurs du Nouvelliſte du Parnaſſe. » Soyons juſtes,
» dit-il, ne craignons ni de blâmer, ni de louer
» ce qui le mérite... diſons ſi vous voulez à M.
» de la Motte qu'il n'a pas aſſez bien traduit l'Ilia-
» de, mais n'oublions pas un mot des belles Odes,
» & des autres Piéces heureuſes qu'il a faites.

belle Ode eſt l'Ouvrage du Poëte par excellence ; celui de tous les genres de Ver-
ſification qui demande le plus d'harmonie ;
celui de tous les genres de Poëſie qui demande le plus de feu, d'élévation, de génie.
M. de la Motte a fait de très-belles Odes,
& cependant, a dit M. de Voltaire :

Il n'a point connu l'harmonie,

. . . .

L'eſprit lui tint lieu de génie.

Voilà un paradoxe littéraire. Nommons les
choſes par leur nom, & plaçons-les dans
leur rang ; voilà une des plus étranges contradictions où ſoit jamais tombé un Poëte.

Qu'auroit répondu un de ces Critiques,
conſulté par M. de la Motte s'il s'applique-
roit à la Poëſie ? Il l'en auroit ſans doute
détourné de toutes ſes forces : Ecrivez en
Proſe, lui auroit-il dit, c'eſt là votre talent ;
du moins, ſi vous voulez abſolument faire
des Vers, choiſiſſez de tous les genres de
Poëſie celui qui demande moins de talent
Poëtique ; ſur-tout gardez-vous d'entreprendre de faire des Odes, car enfin je ne
vous crois pas Poëte. Qu'a fait M. de la
Motte ? Peu docile aux ſages avis du Critique, il a choiſi tous les genres à la fois,
& a le mieux réuſſi, au gré du Critique
même, dans celui dont il le croyoit le moins

capable, dans l'Ode. Voilà des conseils bien démentis par l'événement. Je serois honteux de les avoir donnés.

On le reconnoîtra un jour, MADAME, & peut-être sera-ce un reproche pour notre siécle ; il y a bien du préjugé dans plusieurs esprits au sujet des Vers de M. de la Motte. La premiere de ses Tragédies (*les Macha-bées*) en est une bonne preuve. On ignora quelque tems l'Auteur de cette Piéce, & pendant tout ce tems, on ne cessa d'en louer la Versification. Cela est bien *Raci-nien*, dit un de nos meilleurs Critiques à la premiere représentation, & sur cette pré-tendue conformité de style, voilà aussi-tôt l'opinion répandue que la Tragédie étoit de Racine même ; lui seul pouvoit se res-sembler si parfaitement ; on ne fit l'honneur à aucun de nos Poëtes de la leur attribuer, pas même à M. de Voltaire, si générale-ment & si justement estimé pour la Versifi-cation. Enfin M. de la Motte se fit connoî-tre. L'admiration tomba, ou du moins s'af-foiblit beaucoup. On se vengea par la cri-tique de la honte de la méprise ; l'Ouvrage avoit trompé sur l'Auteur, erreur indiffé-rente, fondée même jusqu'à un certain point, pure erreur d'esprit. L'Auteur connu trom-pa ensuite sur l'Ouvrage, & tout le mérite en fut réduit à quelques endroits assez bien verfifiés : erreur de cœur & de paffion, ou peut-être quelque chofe de pis encore dans ceux qui entraînerent la multitude ; erreur ou conduite tous les jours renouvellée, & d'autant plus honteufe.

J'ai parlé de paffion contre M. de la Motte. Cet homme fi digne d'être aimé, avoit-il donc des ennemis ? Oui, MADAME, il en avoit en grand nombre, & d'un grand poids, & il les méritoit. Exciter la jaloufie d'une foule de Rivaux, ou plutôt d'Auteurs, attaquer les préjugés de plufieurs Savans, qui voyent la gloire de leurs travaux évanouie fi ces préjugés tombent, & qui ne peuvent méprifer le prétendu Novateur : voilà pour l'homme du monde le plus aimable, affez de titres pour être haï. Mais venons au détail.

Son *Difcours fur l'Iliade d'Homere* fouleva contre lui les Partifans des Anciens, déja un peu bleffés de fes *jugemens fur Pindare, Anacréon, Horace*, & de fon *Ode de l'émulation*, malheureufement pour lui une de fes plus belles. Et comme il donna en même tems une *nouvelle Iliade* moins traduite qu'imitée de l'ancienne, moins imitée que refondue, on chercha à fe venger fur le Poëme François, de ce que M. de la Motte avoit écrit contre le Poëme Grec, à punir le *Differtateur* dans le Poëte.

Si dans son Discours sur Homere il n'avoit
fait que le louer, si dans son Poëme il l'a-
voit traduit fidélement, entiérement, à peu
près comme il en a traduit le premier Livre, les Savans lui auroient applaudi; on
eût renvoyé au Collége la traduction de
Madame Dacier; on eût dit que pour lire
Homere avec plaisir, il falloit le lire dans
Homere même, ou dans M. de la Motte;
qu'ailleurs il n'étoit plus Poëte; mais aussi
qu'auroient pensé ceux qui trouvoient que
malgré la refonte, la Copie se sentoit encore trop de l'Original, & qu'Homere per-
çoit à travers M. de la Motte? Il faut l'a-
vouer, l'entreprise n'étoit pas sage, l'Ouvrage ne pouvoit réussir; ce n'étoit plus
Homere pour les uns, c'étoit encore trop
Homere pour les autres *a*). Tout le monde sait comment à cette occasion il fut traité
par Madame Dacier. Son Livre très-mé-
diocre d'ailleurs, est encore plus indigne
d'elle, par les injures dont il est rempli.
M. Boivin le cadet, depuis de l'Académie

(*a*) J'ai pensé ajouter, & ce n'étoit plus M. de
la Motte pour personne; mais en vérité ce seroit
trop dire: il y a de grandes beautés dans son Iliade, & bien dignes de lui. Je crois pourtant avec
l'Auteur du Nouvelliste du Parnasse, que c'est le
moindre de ses Ouvrages, mais je ne voudrois
pas dire comme lui, que c'est le plus mauvais.
Cela est dur & injuste.

Françoife, écrivit aufli contre M. de la
Motte, & plus raifonnablement & avec plus
d'égards.

Le Livre des *Caufes de la Corruption du
Goût (a)*, valut au Public *les Réflexions fur
la Critique*, un des plus beaux Ouvrages
de ce genre, par les agrémens du ftyle &
la juftefle du raifonnement ; Ouvrage unique par la modération & la politefle que
M. de la Motte y conferve toujours pour
fes Adverfaires. Ils n'en furent fans doute
que plus irrités par l'honneur qui en revint
à l'Auteur, & l'avantage qu'en tira fa caufe.
On ne penfe plus fur Homere comme on
penfoit il y a quarante ans. Ceux que le
Difcours avoit ébranlés, furent convaincus
par les réflexions ; les autres perfifterent
dans leur fentiment ; quelques-uns peut-être
changerent d'opinion fans changer de langage. S'il eft difficile de furmonter un ancien préjugé, il l'eft encore plus de lui faire
avouer fa défaite. Je crois qu'une perfua-
fion fincere de part & d'autre commence la
plupart des difputes entre les Gens de Lettres, l'entêtement les continue, & fouvent
la feule mauvaife honte de fe dédire les empêche de finir.

(*a*) C'eft le titre du Livre de Madame Dacier
contre M. de la Motte. Ce titre eft déja une grofle
injure ; le Livre répond parfaitement au titre.

La seconde chose qui a attiré tant de critiques à M. de la Motte, & des critiques si malignes, c'est d'avoir travaillé dans presque tous les genres de Poësie, disons réussi, car on ne critique que ceux qui réussissent; & de-là, la multitude des critiques a été dans tous les tems la preuve décisive d'un mérite supérieur dans ceux qui en ont été l'objet. Un nouveau genre traité suscitoit à M. de la Motte un nouvel ordre d'ennemis. Si la comparaison n'étoit point trop hardie, & peut-être ne l'est-elle point trop; je dirois que plusieurs de nos beaux esprits en ont agi à son égard comme l'Europe entiere à l'égard de Louis XIV. elle se ligua contre lui, le soupçonnant d'aspirer à la Monarchie universelle. De même une foule d'Ecrivains se sont unis pour déchirer M. de la Motte, qui, à les entendre, vouloit envahir tout l'Empire des Lettres, & régner seul sur le Parnasse; enlever à la Fontaine le Sceptre de la Fable, à Corneille & à Racine, celui de la Tragédie; être tout ensemble Législateur & Modelle. Ils ont donné à toute sa conduite l'air d'un orgueil demesuré. La malice des Auteurs a trouvé de l'accueil dans celle du Public, qui reçoit avidement ce qu'on lui dit de spécieux contre ceux qu'il admire le plus, qui s'entend dire tous les jours avec plaisir par les moindres Ecrivains

vains qu'il s'eft trompé, qu'il a prodigué fon eftime à ce qui ne méritoit que fon mé-pris, qu'il a pleuré où il devoit rire, &c... Plufieurs ont condamné M. de la Motte fans trop examiner fes Ouvrages, fur le pré-jugé général qu'on ne peut réuffir à la fois en tant de chofes différentes. Le préjugé eft rai-fonnable, je l'avoue; c'eft une régle prefque toujours vraie; refte à examiner fi M. de la Motte n'en feroit point l'exception. Les préjugés les mieux fondés ne font que des préjugés, & non des raifons décifives; la multitude juge pourtant en conféquence; il faut l'excufer, elle ne peut mieux faire; mais il eft bien honteux que des gens d'ef-prit, à qui la fource de ces jugemens eft affez connue, s'en prévalent pour obfcurcir un mérite qu'ils connoiffent mieux encore, & qu'ils haïffent d'autant plus.

M. de la Motte étoit bien éloigné de cette baffe jaloufie. Qu'il paroiffe, qu'il fe plaigne, celui de nos Ecrivains dont il a parlé malignement; je dis plus, celui qu'il n'a pas loué par où il pouvoit l'être. Un Ouvrage mauvais, à tout prendre, peut avoir des beautés; un Auteur médiocre peut n'être pas fans quelque talent, il peut entendre & manier mieux qu'un autre, d'ailleurs plus eftimable, quelque partie de fon art. M. de la Motte fentoit tout cela,

& aimoit à le faire fentir ; il fe plaifoit , non par vanité , mais par juftice , à démêler les beautés dans la foule des défauts , à montrer du bon côté , & les Ouvrages & les Auteurs. S'il eût été capable de haïr quelqu'un , il eût haï ces Critiques de profeffion , qui moitié fotife , moitié orgueil & mauvaife humeur , bl ment tout , trouvent pitoyable & déteftable tout Ouvrage nouveau , qui ne favent rendre raifon de leur dégoût que par des phrafes générales , & des lieux communs , dont ils ont farci leur mémoire , & qu'ils n'entendent pas ; gens pour l'ordinaire incapables d'écrire une feule page tant foit peu raifonnable , dangéreux néanmoins , vû le grand nombre des fots , s'ils ont de la voix & de la figure.

Comme M. de la Motte louoit felon le mérite , fes grandes louanges étoient pour fes Rivaux , pour les Auteurs excellens ; & ce n'étoit pas des louanges vagues qu'on ne peut refufer à l'eftime publique , fans fe rendre fufpect d'envie ; c'étoit des louanges détaillées & raifonnées , des louanges qui mettoient dans tout leur jour la beauté de ce qu'il louoit. Il a donné des avis utiles fur des Ouvrages dont un autre auroit craint le fuccès ; & il a applaudi enfuite au fuccès , fans faire fentir en aucune maniere la part qu'il y avoit. C'eft ainfi qu'il faifoit briller

en même tems ses lumieres, son équité &
son défintéreffement. Auffi feu M. de la
Faye difoit, juftice & juftefle, voilà fa de-
vife.

Il avoit mieux encore, ou plutôt, car la
juftice eft au-deffus de tout, il avoit plus ;
& le rare mérite, le fexe qui donnoit un
nouvel éclat au mérite dans Madame Dacier, eurent moins de part à l'extrême modération des *Réflexions fur la Critique*, que
la douceur même de M. de la Motte & fon
éloignement de tout Ouvrage fatyrique.
Mais cet aimable caractere a peut-être encore beaucoup contribué à la malignité des
Ecrits qui ont paru contre lui. On l'a accablé d'injures, parce qu'on favoit qu'il étoit
incapable d'en rendre. On a fait de lui les
railleries les plus offenfantes, fur l'affurance
qu'il ne répondroit jamais du même ton ; en
un mot, on l'a maltraité, parce qu'on favoit
bien qu'il ne fe vengeroit pas. Un Auteur
qui fent que la Satyre pourroit s'exercer
heureufement fur lui, n'a garde d'attaquer
un Auteur fatyrique. Il ne veut pas s'expofer à recevoir pour toute réponfe, quelque Epigramme plaifamment maligne, qui
paffant rapidement de bouche en bouche,
le rendroit la fable du monde. Pour quelque légere bleffure qu'il pourroit faire, il

seroit percé de mille traits. Le lien de la société entre les méchans, est la crainte réciproque.

Je suis bien éloigné, MADAME, d'approuver par ce que je viens de dire, le zéle indiscret de quelques Partisans outrés de M. de la Motte. Moi-même j'ai souvent essuyé les reproches de ces amis trop ardens. Leur Héros s'étoit rendu, qu'ils combattoient encore pour lui ; & il étoit quelquefois obligé de faire la paix entr'eux, & ses autres amis plus modérés. Qu'est-il arrivé de là ? Les louanges excessives ont produit des Critiques du même genre. Les beautés les plus incontestables ont été niées, parce qu'on refusoit de reconnoître les défauts les plus évidens. Tels sont les hommes. Les excès de mon Adversaire qui devroient me faire sentir le prix & la nécessité de la modération, me jettent ordinairement dans l'excès opposé.

Il ne faudroit donc pas entreprendre de tout justifier dans les Ouvrages de M. de la Motte, ce seroit aller plus loin que lui. Il faudroit avouer, & peut-être par cet aveu désarmeroit-on la Critique, que parmi un très-grand nombre des plus beaux Vers il en a de durs & de prosaïques; que par une sorte d'impatience il étoit moins propre à

corriger que capable de produire, & par là
peut-être moins Versificateur que Poëte (*a*);
la Versification ne se perfectionnant que par
les lenteurs de la correction. Il fauroit
passer condamnation sur quelques endroits,
ou négligés, ou gâtés au contraire par une
affectation vicieuse, & un air de pointe;
car je le reconnois, M. de la Motte qui
montroit tant de goût dans l'examen des
Ouvrages des autres, paroît dans ses propres Ouvrages en avoir moins que d'esprit
& de génie (*b*).

Il donne quelquefois à ses pensées un
certain tour, qui, quoique spirituel, déplaît
sans qu'on puisse bien dire pourquoi. Je l'ai
vû soutenir ces endroits attaqués d'une maniere si plausible, que je ne savois plus qu'en
juger, ou plutôt que lui répondre; mes
difficultés me paroissoient bien résolues, &
mon impression étoit toujours la même;
mais dans ces occasions j'ai souvent osé me
défier de son esprit, & m'en tenir à mon
goût.

Ainsi la bonne maniere de défendre ses

(*a*) On pourroit le dire de Corneille.
(*b* Le défaut de goût a été reproché à Corneille, & par rapport à ses Ouvrages, & par rapport à ceux des autres. Voyez Despreaux, Art
Poëtique, Chant 4. & la Bruyere, Chap. des Ouvrages d'esprit.

Ouvrages en Vers, car les autres n'ont pas besoin d'Apologie ; ce seroit de dire & de montrer que les fautes y sont suffisamment rachetées par les beautés, de s'attacher à faire sentir le prix de ces beautés, & le peu d'importance des fautes qui n'attaquent presque jamais le fond de l'Ouvrage. Car M. de la Motte n'est pas un de ces Auteurs, qui doués d'une imagination brillante, mais dépourvus de justesse & d'étendue d'esprit, n'offrent à leurs Lecteurs que des beautés de détail, pendant que le tout est défectueux ; il s'entendoit à merveille à faire un plan, & à en arranger heureusement toutes les parties ; ce talent brille dans ses moindres Ouvrages ; on y remarque toujours de l'invention & un dessein bien suivi.

Il faut donc en convenir, MADAME, tous aveus faits, M. de la Motte reste un de nos plus grands Poëtes. Il est encore un de nos plus grands Orateurs. Cela n'est point contesté, & je ne citerai que son *remerciment à l'Académie Françoise*, lorsqu'il y fut reçu en 1710. Nous avons quatre ou cinq Volumes de Discours, faits en pareille occasion par nos meilleurs Ecrivains, depuis plus de cent ans. (*a*). A un autre que vous, MADAME, je lui con-

_____

(*a*) Le premier de ces Discours est celui de M. Patru, en 1640.

feillerois, pour son instruction, de compa-
rer les plus beaux de ces Discours avec celui de M. de la Motte, car rien n'est plus
propre à former le goût, que la comparaison de plusieurs excellentes Piéces sur un
même sujet ; je ne vous y invite que pour
votre plaisir , & pour l'honneur de mon illustre Ami.

Enfin , & voici peut-être son caractéro
distinctif , M. de la Mottte est un des meilleurs Critiques qui ait encore paru. Personne n'avoit plus approfondi que lui la nature des Ouvrages d'esprit ; personne ne
connoissoit mieux les régles & les raisons
des régles ; personne ne les a exposées avec
plus de lumiere & d'agrément. C'est à cet
égard sur-tout que M. de la Faye disoit encore de lui , qu'il avoit reçu la justesse en
talent. Cet esprit Philosophique que Des-
cartes avoit porté dans les différentes parties de la Philosophie , où il étoit encore
moins connu qu'ailleurs , M. de la Motte ,
sur les traces de M. de Fontenelle , l'a ap-
pliqué aux Belles-Lettres & à la Poësie ;
précieuse nouveauté , mais dont tout le goût
& les fruits sont peut-être réservés à nos
descendans. En effet , combien de gens disent encore qu'il ne faut point raisonner sur
les agrémens , que la recherche de leurs
causes n'est d'aucune utilité , &c. . . . C'est

b iiij

presque toute la Critique qu'on a faite de
ses *Discours sur la Tragédie*, son dernier
Ouvrage, & sur-tout de ses *Réflexions sur
les Vers*. Son *prétendu Paradoxe*, que tous
les genres d'écrire traités jusqu'à présent
en Vers, pouvoient l'être heureusement en
Prose, a été vivement combattu, & même
avec beaucoup d'esprit, par divers Auteurs, & entr'autres par M. de Voltaire,
à qui il convenoit si bien de le combattre. Mais on n'a pas autrement touché à
ses raisons, qu'en disant que c'étoient des
raisons Philosophiques. D'autres n'ont peut-
être pas bien pris son sentiment. Voici,
MADAME, l'abregé de ce qu'il a écrit sur
cette matiére, & l'état précis de la ques-
tion.

Les Vers ne conviennent pas à tous les
genres d'écrire, à tous les sujets, cela est évi-
dent. Mais la Prose convient à tout. On ne
sauroit prouver le contraire par aucune raison tirée de la nature de quelque genre
d'écrire que ce soit. On ne peut opposer
que la coutume, mais la coutume n'est pas
une raison ; une coutume peut succeder, ou
se joindre à une autre coutume dans des
choses purement arbitraires, & ce qui dé-
plaisoit au commencement viendra à plaire
dans la suite ; en un mot, il en est de tous
les genres de Poësie, comme de la Comé-

die & du Poëme Epique, qui peuvent être
faits indifféremment en Profe ou en Vers.
On le croit de ces derniers, parce que nous
en avons des exemples ; mais le Philofophe
n'a pas befoin d'exemples pour croire ; M.
de la Motte étoit donc perfuadé que des
Tragédies en Profe réuffiroient, fi d'ailleurs
elles étoient de bonnes Tragédies. Comment lui a-t'on répondu? On n'a pû le faire
directement ; on n'a pû réfuter les raifons
par lefquelles il montroit que bien loin que
les Vers fuffent effentiels à la Tragédie, la
Profe y convenoit plus naturellement, &
que l'habitude feule nous avoit familiarifés
à entendre des Rois, des Héros, des Prin-
ceffes, délibérer, s'entretenir en Vers. On
lui a donc répondu indirectement, en exal-
tant les beautés des Vers, & le plaifir qu'ils
caufent. M. de la Motte a fuivi fes Adverfaires où ils l'ont voulu mener, & il leur a
répondu à fon tour en examinant en Philofophe la Verfification, & en expofant les
inconvéniens, les défavantages des Vers en
général, & fur-tout des Vers François.
Mais il n'a pas manqué d'ajouter que les
Vers, malgré tous leurs défauts, avoient
des agrémens infinis, & pour l'efprit, &
pour l'oreille ; qu'il ne falloit donc pas les
abolir, quelle que fût la caufe de ces agrémens ; qu'il vouloit, non fubftituer, mais

ajouter un ufage à un autre ; non diminuer
notre plaifir, mais nous en procurer de plus
d'une efpéce, &c (a)...

Il ne me refle plus en finiffant qu'à raf-
fembler fous un feul point de vûe les principaux traits du caractére de M. de la Motte. L'abondance, la nouveauté, la juftefle
des penfées, & celle des raifonnemens ; la
force, la délicateffe, la netteté & la précifion du flyle ; voilà ce qui caractérife fes
Ouvrages. Dans la focieté il étoit doux,
affable, poli fans affectation dans le langage
& dans les manieres. Il auroit pû écrire
comme il parloit, & bien écrire ; cependant il refufoit cette louange, & prétendoit
que la maxime qu'il faut écrire comme on
parle avoit befoin d'explication. Il difoit
qu'il ne falloit pas la prendre à la lettre,
qu'elle fignifie feulement qu'il faut paroître
écrire comme on parle ; que prife même en
ce fens, elle n'eft vraie que pour les Dia-
logues, les Lettres ; que celles de Madame
de Sevigné, quoique toutes charmantes,
ne paroiffent pourtant fi bien écrites, que
parce qu'on fuppofe qu'elle ne les a point
travaillées, & qu'au contraire elle les a
écrites fi rapidement, qu'en effet pour elle,
les écrire, c'étoit parler. Sur quoi je lui

(a) Depuis l'ai fait un Ecrit exprès fur cette matiere. On le trouvera après cette Lettre.

répartis un jour en badinant, que j ne dirois plus que ces Lettres font bien écrites,
mais qu'elles font bien *parlées*. Il trouva
que mon barbarifme rendoit fa penfée, &
badinant à fon tour : Meffieurs, dit-il, quand
je parlerai, & que vous direz cela eft écrit,
je ferai très-flatté de votre louange, mais
quand j'écrirai, je n'ambitionne point de
vous faire dire, cela eft *parlé*; un autre diroit bientôt, cela eft négligé, cela eft foible; un autre plus malin ajouteroit peut-
être, que je commence fort à baiffer, que
je fuis bien tombé. Il conclut enfin qu'il y
avoit deux efpéces générales de ftyle, l'un
& l'autre eftimables malgré leur différence; le ftyle des femmes d'efprit & de ceux
qui écrivent, après s'être formés dans le
monde plus que dans les Livres; qui plaît
par un air aifé & naturel; où les négli-
gences, fi elles ne font pas des graces, ne
font du moins que de légeres fautes; & le
ftyle des Auteurs de profeffion, mais des
bons Auteurs, de *M. Fléchier*, par exemple, *de la Bruyere*, qui fans s'éloigner ab-
folument du caractére du premier, fent
plus l'art & le travail; donne à penfer au
Lecteur par plus de précifion; lui laiffe
quelque chofe à deviner par plus de délicateffe, l'oblige même quelquefois à re-
lire fans qu'il s'en plaigne après avoir relû.

M. de la Motte parloit d'un ſtyle ſimple, & aiſé ; & il nous a donné dans ſes Ecrits un des plus parfaits modéles du ſtyle ſoigné & travaillé.

Comme il excelloit dans la converſation, il l'aimoit, & y plaiſoit également à tout le monde, mais elle ne lui étoit jamais plus agréable que lorſqu'on y diſcutoit quelque matiere ; en effet, c'eſt alors qu'il y brilloit davantage. Il diſputoit avec vivacité, mais ſans emportement, ſans aigreur, ſans opiniâtreté, en homme du monde, plutôt qu'en homme de Lettres. Il railloit & n'offenſoit jamais, badinoit avec grace, plaiſantoit avec fineſſe.

Ce qu'il avoit été, il l'étoit encore quand nous l'avons perdu. Les infirmités les plus douloureuſes n'avoient point altéré ſa douceur & ſa gayeté naturelle. Son eſprit avoit conſervé toute ſa vigueur, & acquéroit tous les jours de nouvelles lumieres. La mort ſeule borne les progrès des hommes de réflexion, la vieilleſſe eſt pour eux le bel âge. M. de la Motte étoit donc encore très en état de travailler, du moins à cette ſorte d'Ouvrages qui demandent moins d'imagination que de raiſon. Il aimoit le travail ; c'étoit même, dans l'état où il étoit réduit, ſa plus douce conſolation, & preſque ſon unique plaiſir.

Voilà, MADAME, l'Ecrit que vous m'avez tant de fois demandé. Je n'ai pas loué M. de la Motte d'une manière digne de lui, cela eſt ſûr. Mais peut-être ne l'ai-je pas aſſez loué : peut-être en craignant trop de lui faire grace, ne lui ai-je pas fait juſtice. L'accuſation m'en ſeroit agréable, & ne me ſurprendroit pas. Je ſaurai bientôt à quoi m'en tenir là-deſſus. M. de Fontenelle, comme Directeur de l'Académie Françoiſe, répondra au Succeſſeur de M. de la Motte ; j'aurai ſoin de vous envoyer les deux Diſcours auſſi-tôt qu'ils ſeront imprimés. Je n'ai pas la vanité de craindre qu'ils m'humilient. Je ſuis, &c...

MADAME,

Votre très-humble
& très-obéiſſant
ſerviteur.

TRUBLET.

Du 10 Janvier 1732.

EXTRAIT

Du Discours prononcé par Monsieur l'Evêque DE Luçon le jour de sa Reception à l'Académie Françoise, Le 6 Mars 1732.

Messieurs,

Il n'appartient pas à tout le monde d'entrer dans ce sacré Palais des Muses par un Discours aussi éloquent que le fut celui du célébre Académicien à qui j'ai l'honneur de succeder. Quelle entreprise pour moi, que l'Eloge d'un homme de tous les talens, & à qui ses ennemis, ou plutôt ses envieux ne refuseront pas l'excellence en plusieurs genres, & des places honorables en tous les autres. Content de jetter quelques fleurs sur son tombeau, je ne m'attacherai donc qu'à vous rappeller ici les qualités estimables qu'il possedoit.

Avant lui peu d'Auteurs avoient connu

la modération & la douceur dans la difpute. On voyoit fouvent l'homme de Lettres écrire avec groffiereté, le Philofophe avec emportement, le Chrétien, même en combattant pour la Religion, oublier la charité. M. de la Motte, maître en cet art prefque inconnu, nous apprit que, dans les difputes les plus vives, on peut conferver toute la grace, & toute la modération d'un homme du monde. Dans cette fameufe querelle, où il entreprit d'élever les modernes au-deffus des anciens, s'il ne remporta pas la victoire, du moins un jour fes Ouvrages, devenus anciens, ferviront à leur tour de preuves à ceux qui foutiendront l'opinion contraire à la fienne. Jamais la force de fes raifons ne prit rien fur la politeffe qui les accompagnoit ; fon Adverfaire négligea cet avantage, & fi leur caufe avoit été jugée fur leur maniere d'écrire, elle ne feroit pas reftée indécife.

C'eft dans fon cœur que M. de la Motte trouvoit les principes de modération & de probité qui faifoient tant d'honneur à fes Ouvrages. Sa bonne foi le rendoit incapable de foutenir un fentiment dont il n'eût pas été convaincu, & la douceur de fes mœurs ne lui permettoit pas de le foutenir avec empire. Perfuadé que les hommes n'aiment pas à être contredits, il favoit leur

préfenter la vérité avec toute l'infinuation
dont elle a befoin pour leur plaire. Il fembloit alors qu'il cherchât plutôt à s'éclairer
lui-même, qu'à enfeigner les autres. Ses
Ecrits, auffi éloquens qu'ingénieux, étoient
marqués au coin de vertu & de bonté, que
nos Maîtres ont demandé dans le parfait
Orateur.

Que ne puis-je, MESSIEURS, vous
rappeller encore ici toutes fes vertus particulieres ; fes charmes dans la focieté, l'a-
grément de fa converfation, fa sûreté dans
le commerce, fa fidélité dans l'amitié! Mais
qui peut mieux vous en rendre compte, que
l'illuftre Ami qui en a joui fi long-temps?
Il va donner à vos regrets cette foible con-
folation, fi fa douleur lui permet de vous
exprimer ce qu'elle lui fait fentir avec tant
de juftice.

Après que M. l'Evêque DE LUÇON *eut prononcé son Discours,* M. DE FONTENELLE, *Directeur de l'Académie Françoise, répondit.*

MONSIEUR,

Il arrive quelquefois que sans examiner les motifs de notre conduite, on nous accuse d'avoir dans nos élections beaucoup d'égard aux noms & aux dignités, & de songer du moins autant à décorer notre Liste qu'à fortifier solidement la Compagnie. Aujourd'hui nous n'avons point cette injuste accusation à craindre ; il est vrai que vous portez un beau nom, il est vrai que vous êtes revêtu d'une dignité respectable ; on ne nous reprochera cependant ni l'un ni l'autre. Le nom vous donneroit presque un droit héréditaire, la dignité vous a donné lieu de fournir vos véritables titres, ces Ouvrages où vous avez traité des matieres, qui, très-épineuses par elles-mêmes, le font devenues encore davantage par les cir-

conftances préfentes. Beaucoup d'autres
Ouvrages du même genre ont effuyé de
violentes attaques, dont les vôtres fe font
garantis par eux-mêmes, mais ce qu'il nous
appartient le plus particulierement d'obferver, il y régne cette beauté de ftyle, ce
génie d'éloquence dont nous faifons notre
principal objet.

Nous voyons déja combien notre choix
eft applaudi par ce monde plus poli & plus
délicat, qui peut-être ne fait pas trop en
quoi confifte notre mérite Académique,
mais qui fe conneît bien en efprit. Ce monde, où vous êtes né, & où vous avez vécu,
ne fe laffe point de vanter les agrémens de
votre converfation & les charmes de votre
focieté. Nous croirons aifément que ces
louanges vous touchent peu, foit par l'habitude de les entendre, foit parce que la
gravité de votre caractére peut vous les
faire méprifer, mais l'Académie eft bien
aife que fes Membres les méritent, elle que
fon nom d'Académie Françoife engage à
cultiver ce qui eft le plus particulier aux
François, la politeffe & les agrémens.

Ici, Monsieur, je ne puis réfifter à la
vanité de dire que vous n'avez pas dédai-
gné de m'admettre au plaifir que votre
commerce faifoit à un nombre de perfonnes
mieux choifies, & je rendrois graces avec

beaucoup de joye au Sort qui m'a mis en
place de vous en marquer publiquement ma
reconnoiſſance , ſi ce même Sort ne me
chargeoit auſſi d'une autre fonction très-
douloureuſe & très-pénible.

Il faut que je parle de votre illuſtre Pré-
déceſſeur , d'un ami qui m'étoit extrême-
ment cher , & que j'ai perdu ; il faut que
j'en parle , que j'appuye ſur tout ce qui
cauſe mes regrets, & que je mette du ſoin
à rendre la playe de mon cœur encore plus
profonde. Je conviens qu'il y a toujours un
certain plaiſir à dire ce que l'on ſent, mais
il faudroit le dire dans cette Aſſemblée
d'une maniere digne d'elle, & digne du
ſujet, & c'eſt à quoi je ne crois pas pouvoir ſuffire, quelque aidé que je ſois par un
tendre ſouvenir, par ma douleur même,
& par mon zéle pour la mémoire de mon
ami.

Le plus ſouvent on eſt étrangement borné par la Nature. On ne ſera qu'un bon
Poëte, c'eſt être déja aſſez réduit, mais de
plus on ne le ſera que dans un certain genre, la Chanſon même en eſt un où l'on peut
ſe trouver renfermé. M. de la Motte a traité
preſque tous les genres de Poëſie. L'Ode
étoit aſſez oubliée depuis Malherbe ; l'élévation qu'elle demande , les contraintes particulieres qu'elle impoſe , avoient cauſé ſa

diſgrace, quand un jeune inconnu parut ſu-
bitement avec des Odes à la main, dont
pluſieurs étoient des chefs-d'œuvres, &
les plus foibles avoient de grandes beautés.
Pindare dans les ſiennes eſt toujours Pindare, Anacréon toujours Anacréon, & ils
ſont tous deux très-oppoſés. M. de la Motte
après avoir commencé par être Pindare,
ſçut devenir Anacréon.

Il paſſa au Théatre Tragique, & il y fut
univerſellement applaudi dans trois Piéces
de caractéres différens. *Les Machabées* ont
le ſublime & le majeſtueux qu'exige une
Religion divine, *Romulus* repréſente la
grandeur Romaine naiſſante, & mêlée de
quelque férocité, *Inès de Caſtro* exprime
les ſentimens les plus tendres, les plus touchans, les plus adroitement puiſés dans le
ſein de la nature. Auſſi l'Hiſtoire du Théatre n'a-t'elle point d'exemple d'un ſuccès
pareil à celui *d'Inès*. C'en eſt un grand
pour une Piéce, que d'avoir attiré une fois
chacun de ceux qui vont aux Spectacles,
Inès n'a peut-être pas eu un ſeul ſpectateur
qui ne l'ait été qu'une fois. Le deſir de la
voir renaiſſoit après la curioſité ſatisfaite.

Un autre Théatre a encore plus ſouvent
occupé le même Auteur, c'eſt celui où la
Muſique s'uniſſant à la Poëſie la pare quelquefois, & la tient toujours dans un rigou-

reux efclavage. De grands Poëtes ont fiérement méprifé ce genre, dont leur génie trop roide & trop inflexible les excluoit ; & quand ils ont voulu prouver que leur mépris ne venoit pas d'incapacité, ils n'ont fait que prouver par des efforts malheureux, que c'eft un genre très-difficile. M. de la Motte eût été auffi en droit de le méprifer, mais il a fait mieux, il y a beaucoup réuffi. Quelques-unes de fes Piéces, car, fuffent - elles toutes d'un mérite égal, le fuccès dépend ici du concours de deux fuccès, *l'Europe Galante*, *Iffé*, *le Carnaval & la Folie*, *Amadis de Gréce*, *Omphale*, dureront autant que le Théatre pour lequel elles ont été faites, & elles feront toujours partie de ce corps de réferve qu'il fe ménage pour fes befoins.

Dans d'autres genres, que M. de la Motte a embraffés auffi, il n'a pas reçu les mêmes applaudiffemens. Lorfque fes premiers Ouvrages parurent, il n'avoit point paffé par de foibles effais, propres feulement à donner des efpérances, on n'étoit point averti, & on n'eut pas le loifir de fe précautionner contre l'admiration. Mais dans la fuite on fe tint fur fes gardes, on l'attendoit avec une indifpofition fecrette contre lui, il en eût coûté trop d'eftime pour lui rendre une juftice entiere. Il fit une *Iliade*, en suivant seulement le plan général d'Homere, & on trouva mauvais qu'il touchât au divin Homere sans l'adorer. Il donna un *Recueil de Fables*, dont il avoit inventé la plûpart des sujets ; & on demanda pourquoi il faisoit des Fables après la Fontaine. Sur ces raisons, on prit la résolution de ne lire ni l'Iliade, ni les Fables, & de les condamner.

Cependant on commence à revenir peu à peu sur les Fables, & je puis être témoin qu'un assez grand nombre de personnes de goût avouent qu'elles y trouvent une infinité de belles choses ; car on n'ose encore dire qu'elles sont belles. Pour l'Iliade, elle ne paroît pas jusqu'ici se relever, & je dirai le plus obscurément qu'il me sera possible, que le défaut le plus essentiel qui l'en empêche, & peut-être le seul, c'est d'être l'Iliade. On lit les Anciens par une espéce de devoir, on ne lit les Modernes que pour le plaisir, & malheureusement un trop grand nombre d'Ouvrages nous ont accoutumés à celui des lectures intéressantes.

Dans la grande abondance de preuves que je puis donner de l'étendue & de la variété du talent de M. de la Motte, je néglige des Comédies, qui, quoiqu'en prose, appartiennent au génie Poëtique, & dont l'une a été tout nouvellement tirée de fon premier état de profe, pour être élevée à la dignité de Piéce en vers, si cependant c'étoit une dignité selon lui, mais enfin c'étoit toujours un nouveau style, auquel il savoit se plier.

Cette efpéce de dénombrement de ses Ouvrages Poëtiques ne les comprend pas encore tous. Le Public ne connoît ni un grand nombre de ses *Pseaumes*, & de ses *Cantates spirituelles*, ni des *Eglogues* qu'il renfermoit, peut-être par un principe d'amitié pour moi, ni beaucoup de *Piéces galantes*, enfantées par l'amour ; mais par un amour d'une espéce singuliere, pareil à celui de Voiture pour Mademoiselle de Rambouillet, plus parfaitement privé d'espérance, s'il est possible, & sans doute infiniment plus disproportionné. Il n'a manqué à un Poëte si universel qu'un seul genre, la Satyre, & il est plus glorieux pour lui qu'elle lui manque, qu'il ne l'est d'avoir eu tous les autres genres à sa disposition.

Malgré tout cela, M. de la Motte n'étoit pas Poëte, ont dit quelques-uns, & mille Échos l'ont répété. Ce n'étoit point un enthousiasme involontaire qui le saisît, une fureur divine qui l'agitât ; c'étoit seulement une volonté de faire des vers, qu'il exécutoit, parce qu'il avoit beaucoup d'esprit. Quoi ! Ce qu'il y aura de plus estima-

xlviij R É P O N S E

ble en nous, fera-ce donc ce qui dépendra le moins de nous, ce qui agira le plus en nous fans nous-mêmes, ce qui aura le plus de conformité avec l'inftinct des animaux ? Car cet enthoufiafme, cette fureur, bien expliqués, fe réduiront à de véritables inf- tincts. Les Abeilles font un ouvrage bien entendu à la verité, mais admirable feule- ment en ce qu'elles le font fans l'avoir mé- dité & fans le connoître. Eft ce là le mo- déle que nous devons nous propofer, & ferons-nous d'autant plus parfaits, que nous en approcherons davantage ? Vous ne le croyez pas, MESSIEURS, vous favez trop qu'il faut du talent naturel pour tout, de l'enthoufiafme pour la Poëfie ; mais qu'il faut en même tems une raifon qui préfide à tout l'ouvrage, affez éclairée pour favoir jufqu'où elle peut lâcher la main à l'en- thoufiafme, & affez ferme pour le retenir quand il va s'emporter. Voilà ce qui rend un grand Poëte fi rare ; il fe forme de deux contraires heureufement unis dans un cer- tain point, non pas tout-à-fait indivifible, mais affez jufte. Il refte un petit efpace li- bre, où la différence des goûts aura quel- que jeu. On peut defirer un peu plus, ou un peu moins ; mais ceux qui n'ont pas for- mé le deffein de chicaner le mérite, & qui veulent juger fainement, n'infiftent guéres

fur

sur ce plus ou ce moins qu'ils desireroient,
& l'abandonnent, ne fut-ce qu'à cause de
l'impossibilité de l'expliquer.

Je sai ce qui a le plus nui à M. de la
Motte. Il prenoit souvent ses idées dans
des sources assez éloignées de celle de
l'Hippocréne, dans un fond peu connu de
réflexions fines & délicates, quoique solides ; en un mot, car je ne veux rien dissi-
muler, dans la Métaphysique même, &
dans la Philosophie. Quantité de gens ne
se trouvoient pas en pays de connoissance,
parce qu'ils ne voyoient plus Flore & les
Zéphirs, Mars & Minerve, & tous ces autres agréables & faciles riens de la Poësie
ordinaire. Un Poëte si peu frivole, si fort
de choses, ne pouvoit pas être un Poëte ;
accusation plus injurieuse à la Poësie qu'à
lui. Il s'est répandu depuis un tems un esprit Philosophique presque tout nouveau,
une lumiere qui n'avoit guéres éclairé nos
ancêtres ; & je ne puis nier aux ennemis de
M. de la Motte, qu'il n'eût été vivement
frapé de cette lumiere, & n'eût saisi avidement cet esprit. Il a bien sû cueillir les
fleurs du Parnasse ; mais il y a cueilli aussi,
ou plutôt il y a fait naître des fruits, qui
ont plus de substance que ceux du Parnasse
n'en ont communément. Il a mis beaucoup
de raison dans ses Ouvrages, j'en conviens,

Tome I.   c

mais il n'y a pas mis moins de feu, d'éléᵛvation, d'agrément, que ceux qui ont le plus brillé par l'avantage d'avoir mis dans les leurs moins de raison.

Parlerai-je ici de cette foule de Cenſeurs que ſon mérite lui a fait ? Seconderai-je leurs intentions en leur aidant à ſortir de leur obſcurité ? Non, Messieurs, non, je ne puis m'y réſoudre ; leurs traits partoient de trop bas pour aller juſqu'à lui. Laiſſons-les jouir de la gloire d'avoir attaqué un grand nom, puiſqu'ils n'en peuvent avoir d'autre ; laiſſons-les jouir du vil profit qu'ils en ont eſperé, & que quelques-uns cherchoient à accroître par un retour réglé de critiques injurieuſes. Je ſai cependant que même en les mépriſant, car on ne peut s'en empêcher, on ne laiſſe pas de recevoir d'eux quelques impreſſions, on les écoute, quoiqu'on ne l'oſe le plus ſouvent, du moins ſi on a quelque pudeur, qu'après s'en être juſtifié par convenir de tous les titres odieux qu'ils méritent. Mais toutes ces impreſſions qu'ils peuvent produire, ne ſont que très-paſſageres ; nulle force n'égale celle du vrai. Le nom de M. de la Motte vivra, & ceux de ſes injuſtes Cenſeurs commencent déja à ſe précipiter dans l'éternel oubli qui les attend.

Quand on a été le plus avare de louan-

ges fur fon fujet, on lui a accordé un premier rang dans la Profe, pour fe difpenfer
de lui en donner un pareil dans la Poëfie ;
& le moyen qu'il n'eût pas excellé en Profe,
lui qui avec un efprit nourri de réflexions,
plein d'idées bien faines & bien ordonnées,
avoit une force, une nobleffe, & une élégance finguliere d'expreffion, même dans
fon difcours ordinaire ?

Cependant cette beauté d'expreffion,
ces réflexions, ces idées, il ne les devoit
prefque qu'à lui-même. Privé dès fa jeu-
neffe de l'ufage de fes yeux & de fes jam-
bes, il n'avoit pû guéres profiter, ni du
grand commerce du monde, ni du fecours
des Livres. Il ne fe fervoit que des yeux
d'un Neveu, dont les foins conftans & per-
pétuels pendant vingt-quatre années, qu'il
a entiérement facrifiées à fon Oncle, méritent l'eftime, & en quelque forte la re-
connoiffance de tous ceux qui aiment les
Lettres, ou qui font fenfibles à l'agréable
fpectacle que donnent des devoirs d'amitié
bien remplis. Ce qu'on peut fe faire lire
ne va pas loin ; & M. de la Motte étoit
donc bien éloigné d'être favant ; mais fa
gloire en redouble. Il feroit lui-même, dans
la difpute des Anciens & des Modernes,
un affez fort argument contre l'indifpenfa-
ble néceffité dont on prétend que foit la

grande connoiſſance des Anciens, ſi ce n'eſt qu'on pourroit fort légitimement répondre qu'un homme ſi rare ne tire pas à conſé-quence.

Dans les grands hommes, dans ceux ſur-tout qui en méritent uniquement le titre par des talens, on voit briller vivement ce qu'ils ſont ; mais on ſent auſſi, & le plus ſouvent ſans beaucoup de recherche, ce qu'ils ne pourroient pas être : les dons les plus éclatans de la Nature ne ſont guéres plus marqués en eux, que ce qu'elle leur a refuſé. On n'eût pas facilement décou-vert de quoi M. de la Motte étoit incapa-ble. Il n'étoit ni Phyſicien, ni Géométre, ni Théologien ; mais on s'appercevoit que pour l'être, & même à un haut point, il ne lui avoit manqué que des yeux & de l'étude. Quelques idées de ces différentes Sciences qu'il avoit recueillies çà & là, ſoit par un peu de lecture, ſoit par la conver-ſation d'habiles gens, avoient germé dans ſa tête, y avoient jetté des racines, & pro-duit des fruits, ſurprenans par le peu de culture qu'ils avoient couté. Tout ce qui étoit du reſſort de la raiſon étoit du ſien; il s'en emparoit avec force, & s'en rendoit bientôt maître. Combien ces talens parti-culiers, qui ſont des eſpéces de priſons, ſouvent fort étroites, d'où un génie ne peut fortir, feroient-ils inférieurs à cette raifon univerfelle, qui contiendroit tous les talens, & ne feroit affujettie par aucun, qui d'elle-même ne feroit déterminée à rien, & fe porteroit également à tout?

L'étendue de l'efprit de M. de la Motte embraffoit jufqu'aux agrémens de la converfation, talent dont les plus grands Au-teurs, les plus agréables même dans leurs Ouvrages, ont été fouvent privés, à moins qu'ils ne redevinffent en quelque forte agréables par le contrafte perpétuel de leurs Ouvrages, & d'eux-mêmes. Pour lui, il apportoit dans le petit nombre de fes Societés une gayeté ingénieufe, fine & féconde, dont le mérite n'étoit que trop augmenté par l'état continuel de fouffrance où il vivoit.

Il n'y a jamais eu qu'une voix à l'égard de fes mœurs, de fa probité, de fa droi-ture, de fa fidélité dans le commerce, de fon attachement à fes devoirs; fur tous ces points la louange a été fans reftriction, peut-être parce que ceux qui fe piquent d'efprit ne les ont pas jugés affez impor-tans, & n'y ont pas pris beaucoup d'intérêt. Mais je dois ajouter ici, qu'il avoit les qua-lités de l'ame les plus rarement unies à celles de l'efprit dans les plus grands Héros des Lettres. Ils font fujets, ou à une baffe jaloufie qui les dégrade, ou à un orgueil qui les dégrade encore plus en les voulant trop élever. M. de la Motte approuvoit, il louoit avec une fatisfaction fi vraie, qu'il fembloit fe complaire dans les talens d'autrui. Il eût acquis par là le droit de fe louer lui-même, fi on pouvoit l'acquérir. Ce n'eft pas que les défauts lui échapaffent; & comment l'auroient-ils pû? Mais il n'étoit pas touché de la gloire facile, & pourtant fi recherchée, de les découvrir, & encore moins de celle d'en publier la découverte. Sévere dans le particulier pour inftruire, il étoit hors de-là très-indulgent pour encourager. Il n'avoit point établi dans fa tête fon ftyle pour régle de tous les autres ftyles; il favoit que le Beau ou l'Agréable font rares, mais non pas uniques; ce qui étoit le moins, felon fes idées particulieres, n'en avoit pas moins droit de le toucher, & il fe préfentoit à tout, bien exempt de cette injuftice du cœur, qui borne & qui refferre l'efprit. Auffi étoit-ce du fond de fes fentimens qu'il fe répandoit fur fes principaux Ecrits une certaine odeur de vertu, délicieufe pour ceux qui en peuvent être frapés. Qu'un Auteur qui fe rend aimable dans fes Ouvrages, eft au-deffus de celui qui ne fait que s'y rendre admirable!

Un des plus célébres incidens de la que-

relle fur Homere, fut celui où l'on vit paroître dans la Lice, d'un côté le Savoir,
fous la figure d'une Dame illuftre ; de l'autre l'Efprit, je ne veux pas dire la Raifon,
car je ne prétens point toucher au fond de
la difpute, mais feulement à la maniere
dont elle fut traitée. En vain le Savoir voulut fe contraindre à quelques dehors de
modération, dont notre fiécle impofe la
néceffité, il retomba malgré lui dans fon
ancien ftyle, & laiffa échaper de l'aigreur,
de la hauteur, & de l'emportement. L'Efprit au contraire fut doux, modefte, tranquille, même enjoué, toujours refpectueux
pour le vénérable Savoir, & encore plus
pour celle qui le repréfentoit. Si M. de la
Motte eût pris par art le ton qu'il prit, il
eût fait un chef-d'œuvre d'habileté ; mais
les efforts de l'art ne vont pas fi loin, & fon
caractére naturel eut beaucoup de part à la
victoire complette qu'il remporta.

Je fens bien, MESSIEURS, que je viens
de faire un Eloge peu vrai-femblable, &
je ne crains pas cependant que l'amitié
m'ait emporté au-delà du vrai ; je crains
feulement qu'elle ne m'ait pas infpiré affez
heureufement, ou ne m'ait engagé à un trop
long difcours. Si M. de la Motte étoit encore parmi nous, & que je me fuffe échapé
à parler auffi long-temps, je le prierois de

terminer la Séance, felon fa coutume, par quelqu'une de fes productions, & vous ne vous feriez féparés qu'en applaudiffant, ainfi que vous avez fait tant de fois. Mais nous ne le poffedons plus, & il faut bien que nous nous attendions à le regretter fouvent.

Errata

ERRATA du Tome I.

Portrait de M. la Motte, par M⁰. de Lambert.

Page 4. ligne 27. Et nous, *lifez* Et vous
Page 134. Vers 13. un regard d'un foupir, *lifez* un regard, un foupir

Second Volume des Odes.

Page 397. ligne 13. Souffre en, *lifez* Souffres en
Page 313. ligne 12. eux mêmes, *lifez* d'eux-mêmes

L'Iliade.

Livre premier, page 155. ligne 26. ne, *lifez* digne
Livre III. page 187. ligne derniere, égale nature, *lifez* égale la nature

Réflexions fur la Critique.

Page 184. ligne 9. en qui, *lifez* en quoi
Page 217. ligne 19. Morceaux, *lifez* Monceaux
Page 282. ligne 5. les, *lifez* le
Page 356. Vers 11. Tout, *lifez* Tant

Oedipe en Profe.

Page 23. lig. prem. M'adreffai-je, *lif.* M'adrefferai-je
Page 56. ligne 31. aveu, *lifez* aviez
Page 108. ligne 28. mes, *lifez* nos
Page 123. ligne 10. *effacez* fept, cinq.
Page 341. ligne 4. j'eufe, *lifez* je penfe
Page 358. ligne 33. s'il en part, *ôtez* en.

L'Europe Galante.

Page 361. Vers 20. Ne me, *ôtez* me.

Cantates.

Page 60. Vers 10. jours, *lifez* Ours
Page 273. Jeux Floraux, *lifez* Françoife.
Page 117. *après le Vers* 5. Dans l'affreux défert que j'habite, *lifez* Je te vois feul, je te médite ;

Préface des premieres Editions d'Inès.

Page 2. ligne 2. m'empreffe, *lifez* m'en preffe.

d

Discours sur la Fable. Tome I X.

Page 28. ligne premiere. Par, *lisez* Pour

Page 264. Vers 21. formées, *lisez* fortunées

Page 312. Vers 16. doit, *lisez* doint.

Page 348. Vers dernier. Eſt , *lisez* Et

Avis important.

Page 319. Prologue de la Fable de la Juſtice & de l'Intérêt, qui ne ſe trouve qu'à la page 361.

Page 363. Vers 2. Vôtre , *lisez* Nôtre

Page 368. Vers 12. Neveu , *lisez* Neveux

Pour le Tome V I.

Page 195. Le Prologue de Scanderberg eſt de M. *de la Serre* , M. *de la Motte* n'en avoit point fait, & cet Opera ne fut joué qu'après ſa mort. Le cinquiéme Aĉte n'eſt pas non plus tel que l'avoit fait l'Auteur, & le même M. *de la Serre* y fit beaucoup de changemens. Si l'on donne un Supplément à cette Edition des Oeuvres de M. *de la Motte* , on pourra y mettre ce cinquiéme Aĉte tel qù'on l'a trouvé dans le Manuſcrit de l'Auteur.

Page 251. Les Ages , Comédie-Ballet, *ôtez* Comédie dans cette page , & dans la 257.

Page 253. Ce Prologue a été mis en muſique par M. *de Mondonville*, & placé à la tête de ſon Opera de *Titon & l'Aurore.*

Page 295. Le titre de Comédie ne convient pas mieux a:a Ballet des *Fées* qu'à celui des *Ages* , auſſi n'étoitil point dans le Manuſcrit.

APPROBATION.

J'AI lû, par ordre de Monseigneur le Chancelier, cette Edition des *Oeuvres de Monsieur de la Motte.* l'empreſſement avec lequel le Public la demandoit depuis long-tems, prouve aſſez ſon eſtime pour l'Auteur ; & je crois qu'elle l'augmentera encore. A Paris, le trois Janvier 1754. *Signé,* TRUBLET.

PRIVILEGE DU ROI.

LOUIS, par la grace de Dieu, Roi de France & de Navarre : A nos amés & féaux Conſeillers les Gens tenant nos Cours de Parlemens, Maîtres des Requêtes ordinaires de notre Hôtel, Grand Conſeil, Prevôt de Paris, Baillifs, Sénéchaux, leurs Lieutenans Civils, & autres nos Juſticiers qu'il appartiendra, SALUT. Notre bien-amé LAURENT-FRANÇOIS PRAULT fils, Libraire à Paris, Nous a fait expoſer qu'il deſireroit faire imprimer & donner au Public des Ouvrages qui ont pour titres : *Hiſtoire des Incas, Oeuvres de la Motte, Mérope, Tragédie, Lettres ſur l'Eſprit, & Obſervations ſur l'Hiſtoire,* s'il nous plaiſoit lui accorder nos Lettres de Privilége pour ce néceſſaires. A CES CAUSES, voulant favorablement traiter l'Expoſant, Nous lui avons permis & permettons par ces Préſentes, de faire imprimer leſdits Ouvrages en un ou pluſieurs volumes, & autant de fois que bon lui ſemblera, & de les vendre, faire vendre & débiter par tout notre Royaume, pendant le tems de douze années conſécutives, à compter du jour de la datte deſdites Préſentes. Faiſons défenſes à toutes ſortes de perſonnes, de quelque qualité & condition qu'elles ſoient, d'en introduire d'Impreſſion étrangere dans aucun lieu de notre obéïſſance : comme auſſi à tous Libraires, Imprimeurs & autres, d'imprimer, faire imprimer, vendre, faire vendre & contrefaire leſdits Ouvrages, ni d'en faire aucun extrait, ſous quelque prétexte que ce ſoit, d'augmentation, correction, changemens ou autres, ſans la permiſſion expreſſe & par écrit dudit Expoſant, ou de ceux qui auront droit de lui, à peine de confiſcation des Exemplaires contrefaits, & de trois mille livres d'amende contre chacun des contrevenans , dont un tiers à nous, un tiers à l'Hôtel-Dieu de Paris , & l'autre tiers audit Expofant , & de tous dépens , dommages & intérêts ; à la charge que ces Préfentes feront enregiftrées tout au long fur le Regiftre de la Communauté des Libraires & Imprimeurs de Paris , dans trois mois de la datte d'icelles, que l'impreffion defdits Ouvrages fera faite dans notre Royaume & non ailleurs, en bon papier & beaux caracteres, conformément à la feuille imprimée, attachée pour modele fous le contre-fcel defdites Préfentes ; que l'Impetrant fe conformera en tout aux Reglemens de la Librairie , & notamment à celui du 10 Avril 1725 ; qu'avant de les expofer en vente, les Manufcrits ou Imprimés qui auront fervi de copie à l'impref-fion defdits Ouvrages , feront remis, dans le même état où l'Approbation y aura été donnée, ès mains de notre très-cher & féal Chevalier le Sieur Dagueffeau , Chance-lier de France , Commandeur de nos Ordres ; & qu'il en fera enfuite remis deux exemplaires dans notre Bibliothe-que publique, un dans celle de notre Château du Louvre, & un dans celle de notredit très-cher & féal Chevalier le Sieur Dagueffeau, Chancelier de France : le tout à peine de nullité des Préfentes ; du contenu defquelles vous man-dons & enjoignons de faire jouir ledit Expofant & fes ayant caufes, pleinement & paifiblement , fans fouffrir qu'il leur foit fait aucun trouble ou empêchement. Voulons que la copie defdites Préfentes , qui fera imprimée tout au long au commencement ou à la fin defdits Ouvrages, foit tenue pour dûement fignifiée , & qu'aux copies collationnées par l'un de nos amés & féaux Confeillers & Secretaires, foi foit ajoutée comme à l'original. Commandons au premier notre Huiffier ou Sergent fur ce requis, de faire pour l'e-xécution d'icelles tous actes requis & néceffaires, fans de-mander autre permiffion , & nonobftant clameur de Haro , Charte Normande , & Lettres à ce contraires : CAR tel eft notre plaifir. DONNE' à Paris le vingt-feptiéme jour du mois de Mars, l'an de grace mil fept cent quarante-quatre. Et de notre Regne le vingt-neuviéme. Par le Roi en fon Confeil. Signé, S A I N S O N.

Regiftré fur le Regiftre onze de la Chambre Royale des Libraires & Imprimeurs de Paris , Num. 293. Fol. 247. conformément aux anciens Reglemens, confirmés par celui du 22 Février 1723. A Paris le 21 Avril 1744.

Signé, S A U G R A I N , Syndic.

TABLE
DES PIECES
Contenues dans le Tome premier.

ODE

A MESSIEURS

DE

L'ACADÉMIE

FRANÇOISE.

IEU des vers, pourrai-je suffire
A ce que tu viens m'inspirer ?
Dois-tu confier à ma lyre
Tes Favoris à célébrer ?
Par eux les Filles de mémoire
Aux mortels dispensent la gloire :
Que peut pour eux tout l'art humain ?
Conduis toi-même mon ouvrage :
Ils en désavoueroient l'hommage,
S'ils n'y reconnoissoient ta main.

Tome I. A

Malgré l'Envie & l'Ignorance,
C'eft toi qui, fous le nom d'ARMAND,
Pris le foin d'embellir la France
De fon plus durable ornement.
Tu t'élevas un Sanctuaire,
Où loin du profane vulgaire,
Tes Nourriffons furent admis ;
Et réunis par cette grace,
Merveille inouie au Parnaffe,
Les Rivaux devinrent amis.

Depuis plus de quatorze luftres,
Que j'y vois de Héros divers !
Quelle foule de noms illuftres
Demande place dans mes vers !
D'un poids égal dans la balance,
Leurs travaux, pour la préférence,
Tinrent les efprits fufpendus ;
Et le mien incertain encore,
En les admirant tous, ignore
Ceux qu'il doit admirer le plus.

Les uns à qui Clio révéle (a)
Les faits obscurs & reculés,
Nous tracent l'image fidelle
De tous les siècles écoulés.
Des Etats la sombre origine,
Les progrès, l'éclat, la ruine,
Repassent encor sous nos yeux ;
Et présens à tout, nous y sommes
Contemporains de tous les hommes,
Et Citoyens de tous les lieux.

Les autres du secours des fables, (b)
Appuyant leurs instructions,
Ont orné les faits mémorables
D'ingénieuses fictions.
Notre âge retrouve un Homere,
Dans ce Poëme (c) salutaire,
Par la vertu même inventé ;
Les Nimphes de la double cîme,
Ne l'affranchirent de la Rime,
Qu'en faveur de la verité.

(a) Les Historiens. | (c) Télémaque.
(b) Les Poëtes épiques. |

Des deux (*a*) Souverains de la Scene
L'aspect a frappé mes esprits
C'est sur leur pas que Melpomene
Conduit ses plus chers favoris.
L'un plus pur, l'autre plus sublime,
Tous deux partagent notre estime,
Par un mérite différent :
Tour à tour, ils nous font entendre
Ce que le cœur a de plus tendre,
Ce que l'esprit a de plus grand.

D'un art encor plus difficile,
Mais du peuple moins respecté,
Souvent plus d'une main habile
Nous a fait sentir la beauté.
Peintres (*b*) de l'humaine folie,
C'est vous qui prêtez à Thalie
Le masque qui couvre son front :
C'est vous dont l'heureux artifice,
En nous exposant notre vice,
Fait nos plaisirs de notre affront.

(*a*) Corneille. Racine.
(*b*) Les Comiques.

Un nouveau (*a*) Spectacle m'appelle,
Qui dans l'Italie inventé,
Ici, doit servir de modéle,
A ceux dont il fut imité.
J'y vois quelle gloire mérite
Cet (*b*) Auteur dont le stile invite
La musique à s'y marier :
Les vers sont riches, mais sans faste ;
Et la matiere n'en est vaste,
Que par l'art de la varier.

XX

Mais écoutons ; ce Berger (*c*) joue
Les plus amoureuses chansons ;
Du fameux Pasteur de Mantoue,
Il imite les tendres sons.
Un autre (*d*) à des chansons si belles ;
En oppose de plus nouvelles,
Entr'eux j'aime à me partager :
Et Pan, l'Inventeur de la flute,
Arbitre de cette dispute,
N'ose, lui-même, les juger.

(*a*) L'Opéra.   (*c*) Segrais.
(*b*) Quinaut.   (*d*) M. de Fontenelle.

A iij

Au gré de ce nouvel Esope, (a)
Les animaux prennent la voix ;
Sous leurs discours, il enveloppe
Des leçons même pour les Rois.
Une douceur simple, élégante,
En riant, par tout y présente
La nature & la vérité.
De quelle grace il les anime !
Oui, peut-être que le sublime
Céde à cette naïveté.

Ici, du Censeur du Parnasse
Je ne crains point d'être repris :
Au poids dont se servoit Horace,
Il sçait peser tous les écrits.
Il connoît, critique équitable,
Quel est l'ornement convenable,
Que chaque Auteur doit employer ;
Et toi-même fils de Latonne,
Dans les préceptes qu'il nous donne,
Tu ne trouvas rien à rayer.

(a) La Fontaine.

Par lui, la Muse satyrique
En nos jours, parut sans défaut.
Par d'autres (a) le panégyrique
Ne s'est pas élevé moins haut.
Art pénible ! prodige étrange !
Ils nous plûrent par la louange,
Source ordinaire de l'ennui :
La Satyre eut bien moins de peine
A charmer la malice humaine,
Avide des affronts d'autrui.

Quel agrément, quelle harmonie,
Dans ces (b) écrits ingénieux,
Où l'Hyperbole & l'Ironie
Disputent à qui plaira mieux !
Ces discours privés qu'on s'adresse,
Tribut d'estime & de tendresse,
Y brillent des plus heureux traits.
Par une seconde présence,
C'est ainsi qu'en trompant l'absence
On en suspendoit les regrets.

(a) Les Panégyristes.
(b) Lettres de Balzac & de Voiture.

Les Vers, les éloquens Ouvrages
M'enyvroient de leur doux poiſon :
J'en oubliois preſque ces Sages (*a*)
Amis de l'exacte raiſon.
Sur mille erreurs, fruits de l'enfance,
Sur la nature & ſa puiſſance,
Ils s'efforcent d'ouvrir nos yeux :
Et (*b*) tel d'entr'eux, avec les Graces,
Nous fait parcourir ſur ſes traces,
Tout l'eſpace effrayant des Cieux.

Ici, trop de clarté me bleſſe ; (*c*)
Je vois ces eſprits dont l'ardeur
Va de la Divine ſageſſe,
Sonder l'immenſe profondeur.
Confidens du ſouverain Etre,
Ils ſçavent par-tout le connoître,
Du joug des ſens débarraſſés.
Ces Dieux dont j'ornois ma matiére,
Devant cette pure lumiére,
Sont des phantômes éclipſés.

(*a*) Les Philoſophes. | de Fontenelle.
(*b*) Les Mondes de M. | (*c*) Les Théologiens.

XX

Long-tems l'Antiquité sçavante (*a*)
Nous recela mille Ecrivains ;
Mais des beautés qu'elle nous vante,
Nous avons lieu d'être aussi vains.
Les Plines & les Démosthenes,
Les travaux de Rome & d'Athènes,
Deviennent nos propres travaux;
Et ceux qui nous les interprétent,
Sont moins par l'éclat qu'ils leur prêtent,
Leurs Traducteurs que leurs Rivaux.

Aristote sous un nuage,
Cachant un sens trop peu rendu,
Même en parlant notre langage,
N'étoit pas encore entendu :
Mais un Œdipe *b*) infatigable
Nous a de ce Sphinx respectable,
Découvert le sens le plus beau :
Sur les obscurités antiques,
Ses laborieuses critiques
Ont cent fois porté le flambeau.

(*a*) Les Traducteurs.
(*b*) M. Dacier.

Après tant d'œuvres renommées,
Dont notre siécle est ennobli,
La langue qui les a formées,
Peut-elle redoubler l'oubli ?
Non, sur cette langue chérie,
L'Ignorance & la Barbarie
Ne verseront point leur poison ;
Et tous les peuples d'âge en âge,
Y respecteront l'assemblage
Des Graces & de la Raison.

Soutenez-nous, rapides Aigles ; (a)
Pour nous voir prendre votre essor,
A l'exemple ajoutez des régles,
Qui le facilitent encor.
D'une langue en vos mains fertile,
Fixez l'usage difficile,
Travail toujours trop peu vanté !
D'autant plus digne de mémoire,
Qu'on y semble immoler sa gloire,
A la publique Utilité.

(a) Le Dictionnaire & la Grammaire.

Vous, que diſtingue la Naiſſance,
Ou l'éclat d'un illuſtre Rang,
Soyez jaloux de la ſéance
Qu'ici le ſeul Mérite prend.
Venez-y protéger Minerve ;
Le prix qu'elle vous en réſerve,
Eſt un nom vainqueur du trépas.
Loin les diſtinctions ſerviles :
Il eſt beau qu'avec les Virgiles
Se confondent les Mécénas.

Jouis, Aſſemblée immortelle,
D'honneurs tous les jours augmentés ;
Et ſois la ſource & le modéle
Des ſçavantes Sociétés.
Sans perdre l'éclat dont tu brilles,
Tendre mere, préte à tes filles
Des Ornemens & des Appuis.
C'eſt ton exemple qui les fonde ;
Et les derniers âges du monde,
T'en devront encore les fruits.

Que pour ton Protecteur Auguste,
Ton zéle éclate à chaque inftant:
De la louange la plus jufte,
Tu lui dois l'hommage conftant.
Mais non, pour mieux fervir fa gloire,
Ne mêles point à fon hiftoire,
Un art fouvent défavoué:
De quel fecours lui peut-il être?
Tu n'as qu'à le faire connoître,
Et tu l'auras affez loué.

Approuves que j'ofe te faire
Une offrande de ces Ecrits,
Où l'ambition de te plaire,
A mis peut-être quelque prix.
Si des plus fublimes ouvrages,
Ils te paroiffent les préfages,
Tu pourrois d'un mot généreux...
Arrête, Defir chimérique,
Et malgré l'orgueil Poëtique,
Cachons de téméraires Vœux.

DISCOURS

Sur la Poëſie en général , & ſur
l'Ode en particulier.

AVANT que de parler de l'Ode,
qui paroît ici mon premier ſujet, j'ai cru devoir dire un mot
de la Poëſie en général, pour
lui réconcilier ceux qui ſont trop prévenus
contre elle , & les convaincre du moins ,
qu'elle n'eſt pas toujours dangereuſe. J'ex-
poſerai enſuite mes conjectures ſur l'Ode
& ſur les beautés qui lui conviennent. J'e-
xaminerai cet enthouſiaſme , ce beau déſordre qu'on exige ſur-tout dans l'Ode héroïque , & même le ſublime qui en doit
être toujours l'objet ; & enfin, comme une
partie de cet Ouvrage conſiſte en des imitations des anciens Poëtes lyriques , j'en
prendrai occaſion de dire un mot de leur
caractére ; à quoi je n'ajouterai que quelques réflexions ſur les Poëtes François qui
ont travail é dans le même genre. Voilà
tout l'ordre que je me ſuis propoſé dans ce
Diſcours.

Au reſte j'y prends la liberté de dire ce

que je penſe. Il ſeroit à ſouhaiter que chacun en usât de même. Après quelques contradictions qui en naîtroient, les ſentimens
raiſonnables prendroient toujours le deſ-
ſus, au lieu qu'un reſpect outré pour les
opinions établies, ne ſert qu'à en éterniſer
les erreurs.

Lᴀ Pᴏᴇsɪᴇ a eu de tout temps ſes Cenſeurs & ſes Panégyriſtes. Les uns ont cru
qu'elle n'étoit propre qu'à corrompre l'eſprit; les autres, qu'elle avoit pour fin de l'inſtruire: mais les uns & les autres, au lieu de
l'examiner en elle-même, ſe ſont fondés ſur
l'uſage différent que les hommes en ont fait.

Ses Panégyriſtes citent la morale & les
ſolides inſtructions qui ſont répandues
dans les Poëtes: ils s'appuyent des Odes
de Pindare, & même de ces Cantiques di-
vins que les Ecrivains ſacrés nous ont laiſ-
ſés ſur la grandeur & les bienfaits de Dieu.

Ses Cenſeurs ſe récrient au contraire ſur
les fauſſes idées que les Poëtes ſe ſont formées de la vertu, & ſur les fables extra-
vagantes qu'ils ont débitées des Dieux.

Tout cela n'eſt point la Poëſie; & cette
maniére d'en juger, eſt une ſource infinie de
contradictions. Il n'y a qu'à établir préciſé-
ment en quoi elle conſiſte, & régler enſuite
là-deſſus, le jugement qu'on en doit faire.

Elle n'étoit d'abord différente du Diſ-

cours libre & ordinaire , que par un arran-
gement mesuré des paroles , qui flatta l'o-
reille à mesure qu'il se perfectionna. La fiction survint bientôt avec les figures ; j'entends les figures hardies, & telles que l'éloquence n'oseroit les employer. Voilà , je
crois, tout ce qu'il y a d'essentiel à la Poësie.

C'est d'abord un préjugé contre elle que
cette singularité ; car le but du Discours
n'étant que de se faire entendre , il ne paroît pas raisonnable de s'imposer une contrainte qui nuit souvent à ce dessein , &
qui exige beaucoup plus de temps pour y
réduire sa pensée , qu'il n'en faudroit pour
suivre simplement l'ordre naturel de ses
idées.

La fiction est encore un détour qu'on
pourroit croire inutile; car pourquoi ne pas
dire à la lettre ce qu'on veut dire , au lieu
de ne présenter une chose, que pour servir
d'occasion à en faire penser une autre ?

Pour les figures, ceux qui ne cherchent
que la vérité, ne leur sont pas favorables ;
& ils les regardent comme des piéges que
l'on tend à l'esprit pour le séduire.

C'est sur ces principes que les anciens
Philosophes ont condamné la Poësie Cependant malgré tous ces préjugés , elle n'a
rien de mauvais que l'abus qu'on en peut
faire , ce qui lui est commun avec l'élo-

quence. On voit feulement que fon unique fin eft de plaire. Le nombre & la cadence chatouillent l'oreille; la fiction flatte
l'imagination ; & les paffions font excitées
par les figures.

Ceux qui fe fervent de ces avantages
pour enfeigner la vertu, lui gagnent plus
fûrement les cœurs, à la faveur du plaifir ;
comme ceux qui s'en fervent pour le vice,
en augmentent encore la contagion par
l'agrément du Difcours.

Mais ce choix ne tombe point fur la
Poëfie ; il caractérife feulement les différens Poëtes, & non pas leur art, qui de
lui-même eft indifférent au bien & au mal.

Il eft vrai que comme cet art demande
beaucoup d'imagination, & que c'eft ce
caractére d'efprit qui détermine le plus
fouvent à s'y appliquer, on ne fuppofe
point aux Poëtes un jugement fûr, qui ne
fe rencontre gueres avec une imagination
dominante. En effet les beautés les plus
fréquentes des Poëtes confiftent en des
images vives & détaillées, au lieu que les
raifonnemens y font rares, & prefque toujours fuperficiels.

Ils ont laiffé le dogmatique aux Philofophes ; & ils s'en font tenus à l'imitation,
contens de l'avantage de plaire, tandis que
les autres afpiroient à l'honneur d'inftruire.

Je fçais que de grands hommes ont fupposé à presque tous les genres de Poësie, des vues plus hautes & plus solides : ils ont cru que le but du Poëme épique étoit de convaincre l'esprit d'une vérité importante ; que la fin de la Tragédie étoit de purger les passions , & celle de la Comédie, de corriger les mœurs. Je crois cependant, avec le respect que nous devons à nos Maîtres , que le but de tous ces Ouvrages n'a été que de plaire par l'imitation.

Soit que l'imitation , en multipliant en quelque sorte les événemens & les objets, satisfasse en partie la curiosité humaine; soit qu'en excitant les passions , elle tire l'homme de cet ennui qui le saisit toujours, dès qu'il est trop à lui-même ; soit qu'elle inspire de l'admiration pour celui qui imite ; soit qu'elle occupe agréablement par la comparaison de l'objet même avec l'image; soit enfin, comme je le crois, que toutes ces causes se joignent & agissent d'intelligence ; l'esprit humain n'y trouve que trop de charmes, & s'il s'est fait de tout temps des plaisirs conformes à ce goût qui naît avec lui.

Les Poëtes ont senti ce penchant en eux-mêmes, & l'ont remarqué dans les autres. Ainsi certains de plaire en s'y abandonnant, ils ont imité des événemens & des objets , ce que leur humeur particuliére leur en a fait juger le plus agréable.

Les imaginations tranquilles & touchées
des agrémens de la vie champêtre, ont inventé la Poësie pastorale. Les imaginations
vives & turbulentes qui ont trouvé de la
grandeur dans les exploits militaires &
dans la fortune des Etats, ont donné naiſſance au Poëme épique.

C'eſt d'une humeur triſte & compatiſ-
ſante aux malheurs des hommes que nous
eſt venue la Tragédie ; comme au contraire, c'eſt d'une humeur enjouée, maligne,
ou peut-être un peu philoſophique, que
ſont nées la Comédie & la Satyre. Mais
encore une fois, dans tous ces différens
Ouvrages, je penſe qu'on n'a eu communément d'autre deſſein que de plaire, &
que s'il s'y trouve quelque inſtruction,
elle n'y eſt qu'à titre d'ornement.

On a prétendu prouver qu'Homere s'é-
toit propoſé d'inſtruire dans ſes deux Poëmes : que l'Iliade ne tendoit qu'à établir
que la diſcorde ruine les meilleures affai-
res ; & que l'Odiſſée faiſoit voir combien
la préſence d'un Prince eſt néceſſaire dans
ſes Etats. Mais ces vérités ſe ſentent peut-
être mieux dans la ſimple expoſition que
j'en fais, que dans l'Iliade & l'Odiſſée entié-
res, où elles me paroiſſent noyées dans une
variété infinie d'événemens & d'images.

Je ſuis contraire en cela, à des Auteurs
d'un ſi grand poids, que je n'expoſe mon

ſentiment qu'avec défiance, quoique j'aye Platon pour moi. Il banniſſoit Homere & tous les Poëtes de ſa République. Pithagore même ne lui pouvoit pardonner non plus qu'à Héſiode, d'avoir parlé indignement des Dieux; & il les croyoit éternellement punis dans le Tartare. Si les Apologiſtes du Poëme épique avoient raiſon, Homere eût dû tenir le premier rang dans les vues de Platon; mais ce Philoſophe ne trouva dans la Poëſie qu'un plaiſir ſouvent dangereux; & il crut que la morale y étoit tellement ſubordonnée à l'agrément, qu'on n'en pouvoit attendre aucune utilité pour les mœurs.

Pour moi j'avoue que je ne regarde pas les Poëmes d'Homere comme des Ouvrages de morales, mais ſeulement comme des Ouvrages où l'Auteur s'eſt propſé particuliérement de plaire; excellens dans leur genre, par rapport aux circonſtances où ils ont été faits; comme la ſource de la Fable & de toutes les idées poëtiques; en un mot, comme des chefs-d'œuvres d'imagination, remplis de ſaillies heureuſes & d'une éloquence vive, où les Grecs & les Latins ont puiſé, & que les Modernes ſe font encore honneur d'imiter

Voilà ce que je penſe auſſi à proportion de la plûpart des Ouvrages de Poëſie qui nous ſont reſtés. Les Auteurs y ont voulu

plaire, & ils ont atteint leur but. Ce n'est
pas que dans ces fortes d'Ouvrages on ne
pût mettre le vice & la vertu dans tout
leur jour, & infpirer ainfi pour l'un & pour
l'autre l'amour ou la haine qu'ils méritent;
mais les Poëtes ont eu rarement cette attention. Au lieu de fonger à réformer les
fauffes idées des hommes, ils y ont la plûpart accommodé leurs fictions; & fur ce
principe ils ont donné fouvent de grands
vices pour des vertus, contens de décrier
les penchans les plus honteux & les paffions les plus groffieres.

Mais enfin, quelque ufage qu'on ait fait
communément de la Poëfie, elle n'en eft
pas moins indifférente en elle-même, & il
dépendra toujours d'un Auteur vertueux
de la rendre utile. Ainfi Ménandre réduifit
à une peinture innocente des mœurs, la
Comédie où régnoit auparavant la médi-
fance. Ainfi Virgile, le fage imitateur
d'Homere, foutint mieux que lui la ma-
jefté des Dieux, & imagina un Héros, je ne
dis pas plus agréable, mais plus digne d'i-
mitation qu'Achille. Ainfi Pindare dans ce
qui nous eft refté de lui, fit fervir à une faine
morale, l'Ode qui jufques-là avoit fervi
fouvent à la volupté & à la débauche.

Quelques perfonnes fe fcandalifent de
cette indifférence où je laiffe la Poëfie. Ils
la déterminent uniquement à inftruire; & fi

on refufe de la confondre comme eux avec la Philofophie, leur zéle ira bientôt jufqu'à en faire la Théologie la plus fublime. Voici leurs raifons. Les premiers vers ont été employés à la louange des Dieux. Les Poëtes ont été les premiers Philofophes. Je reçois volontiers ces faits, fans en admettre les conféquences. On pouvoit louer les Dieux en profe, & fe fervir du langage ordinaire pour enfeigner la vérité. Ces matiéres ne font donc point effentielles à la Poëfie, qui n'eft par elle-même qu'un moyen de les rendre agréables. Les premiers Théologiens comme les premiers Philofophes, ont eu raifon de s'en fervir pour intéreffer les hommes par l'agrément, à ce qu'ils vouloient leur apprendre. Il eft toujours certain qu'entant que Poëtes, ils ne fe font propofé que de plaire ; les autres vues qu'ils avoient, leur méritoient d'autres noms.

On infifte, & l'on dit encore d'après les Anciens, que la Poëfie eft un art, & que tout art a néceffairement une fin utile. Ce qu'il y a de clair dans cette propofition, c'eft que tous les arts ont une fin : l'utile qu'on ajoute ne fert qu'à rendre la propofition équivoque; à moins que fous ce nom vague d'utile, on ne veuille auffi comprendre le plaifir, qui eft en effet un des plus grands befoins de l'homme.

Qui peut nier, par exemple, que la Mu-
fique ne foit un art; & qui cependant, s'il
ne veut fubtilifer, pourroit y trouver d'autre utilité que le plaifir? La Peinture a auffi
fes régles, quoiqu'elle ne tende qu'à flater
les fens par l'imitation de la Nature. Les
actions vertueufes qu'elle repréfente quelquefois, ne lui font pas plus propres que
les licentieufes, qu'elle met auffi fouvent
fous les yeux. Le Carache n'eft pas moins
Peintre dans fes tableaux ciniques, que
dans fes tableaux chrétiens; & de même,
pour revenir à la Poëfie, la Fontaine n'eft
pas moins Poëte dans fes Contes que dans
fes Fables; quoique les uns foient dangéreux & que les autres foient utiles.

On dira peut-être que je ne penfe pas
affez noblement de mon art. Le mérite
n'eft pas à penfer noblement des chofes;
mais à les voir comme elles font, fans fe
les affoiblir, ni fe les exagérer. Je ne cherche à faire honneur à mon art, qu'en l'em-
ployant à mettre en jour la vérité & la vertu. C'eft ce que je me fuis propofé dans ces
Odes: fur-tout, dans celles où l'imitation
ne m'a pas fait violence.

CEUX qui ont pris parti pour l'Ode, &
qui lui donnent le premier rang dans la
Poëfie, s'imaginent qu'elle ne doit chanter
que les louanges des Dieux & des Héros;

& ils tirent de ces sujets mêmes à quoi ils la bornent, une preuve de sa dignité.

Mais il faut convenir que cette idée n'a point de fondement solide : elle vient sans doute comme mille autres erreurs sur les ouvrages d'esprit, de ce qu'on a pris pour l'essence de l'Ode, la matiére de celles qui ont eu d'abord le plus de succès.

Le Public qui outre tout, & qui n'entre jamais dans aucun détail, croit d'ordinaire que l'ouvrage qui lui plaît le plus dans un genre, est la perfection de ce genre-là, & il ne veut plus rien approuver dans la suite, que sur le modéle de ce qui a saisi une fois son admiration.

Ainsi s'établirent les régles du Poëme épique, d'après Homere ; celle de la Tragédie, d'après Sophocle ; celles de l'Eglogue, d'après Théocrite ; & celles de l'Ode, d'après Pindare : Régles utiles & jucieuses, pourvû qu'on n'exigeât pas pour elles un respect aveugle ; & que sans se révolter contre les exceptions qu'on y peut faire, on fût toujours prêt d'admettre ce qu'on y peut encore ajouter.

Pindare ne pouvoit choisir d'occasion plus éclatante pour ses vers, ni plus utile pour lui, que les Jeux Olympiques. Il y pouvoit recevoir en un seul lieu les suffrages de toute la Grece ; & les vainqueurs excités à la libéralité par leur propre gloire, payoient les louanges avec profusion. Ainsi Pindare qui étoit né intéressé (c'est un défaut qu'on lui reproche, & dont il se vante lui-même) s'appliqua à célébrer ces vainqueurs. Mais comme leur mérite trop borné & trop uniforme, ne fournissoit pas de lui-même assez d'étendue au Discours, il se jetta souvent à l'écart sur la louange des Héros, dont prétendoient descendre les siens, & sur celle des Dieux qui protégeoient, ou qui avoient fondé la Ville d'où ils étoient.

Voilà la matiére des Odes qui nous sont restées de Pindare : mais si nous n'avions perdu ses Odes amoureuses & bachiques, où peut-être étoit-il plus passionné que Sapho, & plus gracieux qu'Anacréon, on croiroit aujourd'hui l'amour & la bonne chere, des matiéres essentielles à l'Ode, avec autant de raison que la louange des Dieux & des Héros.

Horace qui se fit un caractére original d'une imitation composée de Pindare & d'Anacréon, ne borna sa lyre à aucun sujet ; & il fit voir par une variété toujours élégante, que rien n'est indigne de la noblesse de l'Ode. Il descendoit souvent des sujets les plus sublimes aux moins sérieux ; & il se sçavoir sans doute aussi bon gré de la grace qu'il donnoit aux uns, que de la force qu'il donnoit aux autres.

J'aurai occasion dans la suite de parler plus

plus au long de Pindare & d'Horace. Il
me fuffit à préfent de remarquer qu'Horace n'a pas cru qu'il y eût de fujets parti-
culiers à l'Ode. Les fiennes roulent indifféremment fur les louanges des Dieux &
des Héros, fur la galanterie, la table, la
morale & même la fatyre. Voilà l'Ode en
poffeffion de tout; & l'on juge aifément de-
là, que ce ne font point les fujets qu'elle
traite, qui forment fon caractére particulier.

Ce n'eft pas que le choix des fujets foit
indifférent. Ils ont plus de véritables beautés les uns que les autres ; ils rendent les
ouvrages plus ou moins eftimables, quoiqu'ils n'en changent pas la nature.

Ce que l'Ode a d'effentiel, eft précifément fa forme ; j'entends ce nombre &
cette cadence, différente felon les lan-
gues, mais qui dans quelque langue que
ce foit, lui eft toujours particuliére.

Cette mefure chez les Grecs n'étoit pas
uniforme ; elle varioit felon les chants fur
lefquels on compofoit : car toutes les Odes
fe chantoient alors. Le terme d'Ode ne fignifie même que chanfon. Il y avoit auffi
chez les Latins plufieurs mefures ; mais il
n'eft pas certain que toutes les Odes s'y
chantaffent.

Parmi nous, elles ne fe chantent point ;
& leur harmonie confifte feulement dans
l'égalité des ftances, dans le nombre & l'ar-

rangement des rimes, & dans certains repos mesurés qu'on doit ménager exactement dans chaque strophe. Il s'en suit de
cette harmonie que l'Ode n'est pas faite
pour être lue seulement; & qu'on n'en peut
sentir toute la grace, qu'en la récitant avec
une attention exacte à sa cadence & à ses
repos.

Cependant cette mesure ne remplit pas
tout le caractére de l'Ode. Il y faut ajouter la hardiesse du langage, qui ne lui est
commune qu'avec le Poëme épique, lorsqu'il ne fait pas parler ses personnages. Le
Poëte y est Poëte de profession, au lieu que
dans les autres ouvrages, il emprunte, pour
ainsi dire, un esprit & des sentimens étrangers; & il doit se contenter alors de toute
l'élégance du langage ordinaire, sans y
laisser sentir d'étude ni d'affectation.

Les Poëtes tragiques mêmes qui s'abandonnent quelquefois à l'enflure, doivent
toujours être en garde contre l'excès de
l'expression. Comme ils ne font point parler des Poëtes, mais des hommes ordinaires, ils ne doivent qu'exprimer les sentimens qui conviennent à leurs acteurs; &
prendre pour cela les tours & les termes
que la passion offre le plus naturellement.
Racine n'a presque jamais passé ces bornes,
que dans quelques descriptions où il a af-
fecté d'être Poëte: comme dans celle de la

mort d'Hypolite , où l'on croit plutôt entendre l'Auteur que le personnage qu'il
fait parler. Corneille sort aussi quelquefois
de cette vraisemblance , sur-tout dans ce
qu'il a imité de Lucain. On voit bien à
plus forte raison, que le Poëte comique &
le pastoral doivent se réduire à une naïveté
élégante , & mettre tout leur mérite dans
l'exactitude de l'imitation.

Mais les Poëtes lyriques , j'entends les
Auteurs d'Odes, peuvent & doivent même étaler toutes les richesses de la Poësie.
Ils peuvent , sans nuire néanmoins à la
clarté , parler autrement que le commun
des hommes,& pourvû que le sens soit fort,
& que les images soient vives,à proportion
de la hardiesse du langage , ils auront d'autant plus atteint la perfection de leur art ,
qu'ils auront plus heureusement hazardé.

Ce Vers de Racine ,

Le flot qui l'apporta , recule épouvanté :

est excessif dans la bouche de Théramene.
On est choqué de voir un homme accablé
de douleur , si recherché dans ses termes ,
& si attentif à sa description Mais ce même Vers seroit beau dans une Ode, parce
que c'est le Poëte qui y parle , qu'il y fait
profession de peindre , qu'on ne lui suppose point de passion violente qui partage son
attention , & qu'on sent bien enfin , quand

B ij

il se sert d'une expression outrée , qu'il le
fait à dessein , pour suppléer par l'exagéra-
tion de l'image , à l'absence de la chose
même.

C'est ici le lieu d'examiner quel est
& quel doit être cet enthousiasme dont on
fait tant d'honneur aux Poëtes , & qui doit
faire en effet une des plus grandes beautés de l'Ode.

On sçait qu'enthousiasme ne signifie autre chose qu'inspiration ; & c'est un terme
qu'on applique aux Poëtes , par comparaison de leur imagination échauffée avec la
fureur des Prêtres , lorsque leur Dieu les
agitoit , & qu'ils prononçoient les Oracles.

Voilà donc précisément l'idée de l'enthousiasme : c'est une chaleur d'imagination qu'on excite en soi , & à laquelle on
s'abandonne ; source de beautés & de défauts , selon qu'elle est aveugle ou éclairée.
Mais c'est le plus souvent un beau nom
qu'on donne à ce qui est le moins raisonnable.

On a passé sous ce nom-là beaucoup
d'obscurités & de contretemps. On faisoit
grace aux choses en faveur des expressions
& des maniéres;mais ce n'est pas toujours
ar cette fougue, que les *uteurs sont le
plus dignes d'imitation. Enthousiasme tant
qu'on voudra , il faut qu'il soit toujours

guidé par la raifon , & que le Poëte le plus
échauffé fe rappelle fouvent à foi , pour
juger fainement de ce que fon imagination
lui offre.

Un enthoufiafme trop dominant reffemble à ces yvreffes qui mettent un homme
hors de lui , qui l'égarent en mille images
bizarres & fans fuite, dont il ne fe fouvient
point quand la raifon a repris le deffus. Au
contraire , un enthoufiafme réglé eft comme ces douces vapeurs , qui ne portent
qu'affez d'efprits au cerveau pour rendre
l'imagination féconde , & qui laiffent toujours le jugement en état de faire , de fes
faillies , un choix judicieux & agréable.

La plûpart de ceux qui parlent de l'enthoufiafme , en parlent comme s'ils étoient
eux-mêmes dans le trouble qu'ils veulent
définir. Ce ne font que grands mots , de
fureur divine , de tranfports de l'a.ne , de
mouvemens , de lumiéres, qui mis bout à
bout dans des phrafes pompeufes , ne pro-
duifent pourtant aucune idée diftincte. Si
on les en croit, l'effence de l'enthoufiafme
eft de ne pouvoir être compris que par les
efprits du premier ordre , à la tête defquels
ils fe fuppofent , & dont ils excluent tous
ceux qui ofent ne les pas entendre. Voilà
pourtant tout le myftére , une imagination
échauffée. Si elle l'eft avec excès , on ex-
travague ; fi elle l'eft modérément , le ju-

gement y puiſe les plus grandes beautés de la Poëſie & de l'Eloquence.

C'est de cet enthouſiaſme que doit naître ce beau déſordre dont M. Deſpréaux a fait une des régles de l'Ode. J'entends par ce beau déſordre, une ſuite de penſées liées entr'elles par un rapport commun à la même matiére, mais affranchies des liaiſons grammaticales, & de ces tranſitions ſcrupuleuſes qui énervent la Poëſie lyrique, & lui font perdre même toute ſa grace. Dans ce ſens, il faut convenir que le déſordre eſt un effet de l'art : mais auſſi il faut prendre garde de donner trop d'étendue à ce terme. On autoriſeroit par-là tous les écarts imaginables. Un Poëte n'auroit plus qu'à exprimer avec force toutes les penſées qui lui viendroient ſucceſſivement & au hazard : il ſe tiendroit diſpenſé d'en examiner le rapport, & de ſe faire un plan dont toutes les parties ſe prêtaſſent mutuellement des beautés. Il n'y auroit ni commencement, ni milieu, ni fin dans ſon ouvrage ; & cependant l'Auteur le croiroit d'autant plus ſublime, qu'il ſeroit moins raiſonnable.

Mais que produiroit une pareille compoſition dans l'eſprit du lecteur? Elle n'y laiſſeroit qu'un étourdiſſement cauſé par la magnificence & l'harmonie des paroles, ſans y faire naître que des idées confuſes, qui ſe

chasseroient l'une l'autre, au lieu de concou-
rir ensemble à fixer & à éclairer l'esprit.

Pour moi je crois indépendamment des
exemples , qu'il faut de la méthode dans
toutes sortes d'ouvrages; & l'art doit régler
le désordre même de l'Ode , de maniére
que les pensées ne tendent toutes qu'à une
même fin ; & que malgré la variété & la
hardiesse des figures qui donnent l'ame &
le mouvement , les choses se tiennent toujours par un sens voisin dont l'esprit puisse
saisir le rapport sans trop d'étude & de con-
tention.

Nous avons d'un des maîtres de l'art
une Ode pindarique, où il n'a pas mis un
autre désordre que celui que je reconnois
ici pour une beauté. L'Auteur n'y sort pas
un moment de sa matiére , & il n'a pas ju-
gé à propos d'imiter Pindare jusques dans
ses digressions, où il étoit forcé par la sé-
cheresse de ses sujets.

Qu'il me soit permis de le dire; les grands
esprits qui sont tellement frappés de l'obli-
gation qu'on a aux Anciens , qu'ils impu-
tent à ingratitude d'y trouver quelques défauts, tombent ordinairement dans une espéce de contradiction. Ils trouvent d'un
côté des raisons ingénieuses pour justifier
les Anciens de ce qu'on leur reproche ,
tandis que de l'autre ils se gardent bien
d'imiter ce qu'ils louent. La reconnoissance

B iiij

& l'admiration leur impofent, quand 'l s'agit des Anciens; le bon goût & l'exacte raifon les éclairent, quand il ne s'agit plus que d'eux-mêmes.

Cet enthoufiafme qu'on exige dans l'O-de, doit briller dès le début même. Elle eft oppofée en cela à l'ufage du Poëme épique, où l'on exige un commencement fimple & modefte.

Horace raille le début d'un Poëme de fon temps, qui commençoit par ces mots: *Je chanterai la fortune de Priam, & toute la fameufe guerre de Troye.* Monfieur Def-préaux condamne auffi ce commencement de l'Alaric.

Je chante le vainqueur des vainqueurs de la terre.

Et ces deux grands Critiques après avoir donné un exemple du ridicule, pro-pofent pour modéle de la perfection, l'un, le début de l'Odiffée: *Mufe, raconte-moi les avantures de cet homme, qui après la prife de Troye, vit tant de pays & tant de mœurs differentes;* l'autre ce commencement de l'Énéide: *Je chante cet homme qui contraint de fuir les rivages de Troye, aborda enfin en Italie.*

Mais fuppofons un moment que ces qua-tre propofitions foient des commencemens d'Ode. Il faudra changer la critique, & en condamnant celles d'Homere & de Virgile, comme trop fimples, propofer les deux autres, comme le modéle de la pompe qui convient à l'Ode. Pourquoi ce caprice apparent? tâchons de découvrir les raifons, s'il y en a, d'une oppofition fi marquée.

On dit contre les commencemens de Poëme trop enflés, qu'un exorde doit être fimple, & que cette régle eft générale : mais fi elle étoit auffi générale qu'on le prétend, le début des plus belles Odes feroit vicieux, on y promet toujours des miracles. Dira-t-on que ces fortes d'ouvrages n'ont point d'exorde ? Ils en ont la plûpart, fi l'on appelle exorde le commencement d'un ouvrage, lorfqu'on peut l'en féparer, fans en tronquer le véritable fujet. Il faut donc convenir que ce précepte de la fimplicité de l'exorde, ne regarde pas toutes fortes de Poëfies.

D'un autre côté, pour juftifier la pompe ordinaire dans le début de l'Ode, on fe fert de la comparaifon d'un Palais, dont le portique doit être riche & fuperbe. C'eft Pindare lui même qui commence la fixiéme de fes Odes olimpiques par cette éclatante comparaifon. Mais ne prendroit-on pas droit de-là d'être moins fimple dans le commencement du Poëme ? & ne peut-on pas lui appliquer la comparaifon du Palais, du moins auffi juftement qu'à l'Ode ?

On dira peut-être que le Poëte lyrique

B v

se donne la plûpart du temps pour inspiré ;
& qu'ainsi la timide précaution de ne point
trop promettre , ne conviendroit pas à sa
supposition. Mais cette raison tombe encore ; car le Poëte épique ne donne pas
non plus son ouvrage comme un travail
humain , mais comme la révélation de
quelque Muse.

Pour moi , je n'imagine qu'une raison
de la différence dont il s'agit ; c'est que le
Poëme étant un ouvrage de longue haleine , il est dangereux de commencer d'un
ton difficile à soutenir ; au lieu que l'Ode
étant resserrée dans d'étroites bornes , on
ne court aucun risque à échauffer d'abord
le lecteur, qui n'aura pas le temps de se re-
froidir par la longueur de l'ouvrage. Ainsi
un homme qui auroit à faire une longue
course , devroit se ménager d'abord, pour
ne pas épuiser trop tôt ses forces ; & au
contraire celui qui n'auroit à fournir qu'-
une petite carriére , pourroit par un premier effort augmenter sa légéreté naturelle,& en achever plus rapidement sa course.

On voit assez par tous ces usages, que
l'Ode tend particuliérement au sublime.
Ainsi les Poëtes lyriques ne sauroient s'appliquer avec trop de soin à le connoître &
à le chercher.

Mais je ne sais si la nature du sublime est

encore bien éclaircie. Il me semble que
jusqu'à présent on en a plutôt donné des
exemples que des définitions. Il est néanmoins important d'en fixer l'idée ; car les
exemples ne sont que des moyens de comparaison, sujets à mille erreurs, au lieu
que les définitions font juger des choses par
un principe invariable, sans avoir recours
à des analogies toujours très-imparfaites.

J'oserai donc exposer là-dessus ma con-
jecture, qui ne peut être qu'utile, quand
elle ne feroit qu'exciter quelqu'un à en
trouver le faux, & à lui opposer la vérité.
Je crois que le sublime n'est autre chose
que le vrai & le nouveau réunis dans une
grande idée, exprimés avec élégance &
précision. J'entens par le vrai une vérité
positive, comme dans ces paroles de Moy-
se : *Dieu dit que la lumiére se fasse . & la lumiére se fit* ; ou seulement une vérité de
convenance & d'imitation, comme dans
ce sentiment d'Ajax.

Grand Dieu, rends-nous le jour, & combats contre nous.

où sur le caractére de ce Guerrier une fois
connu, on voit qu'il a dû penser ce qu'Homere lui fait dire. J'entends par le nouveau,
la nouveauté des choses en elles-mêmes,
ou du moins celle de la maniére de les or-
donner & de les dire.

J'entends enfin par grande idée, les pen-

B vj

fées qui étonnent l'efprit, ou qui flatent l'orgueil humain.

J'ajoute l'élégance & la briéveté, fans lefquelles tout cet affemblage manqueroit encore fon effet : mais en les y joignant, où raffemblera-t-on ces trois qualités que je viens de dire, qu'on n'y fente auffi-tôt le fublime ? Et au contraire, où le fentira-t-on, fi quelqu'une de ces qualités manque ?

Tout le monde convient aujourd'hui que fans le vrai, il ne peut y avoir de folide beauté, ni par conféquent de fublime. On peut bien féduire quelquefois fans lui ; mais l'illufion fe diffipe bientôt, & l'on traite de puérilité, ce que l'on avoit d'abord trouvé grand. Les pointes & les jeux de mots qui avoient été inventés pour fuppléer au défaut du vrai, ont ceffé de plaire dès qu'il a reparu. Il a réuni tous les goûts, ceux même qui ne le connoiffent pas, le demandent, & n'applaudiffent qu'à ce qu'ils prennent pour lui.

La nouveauté n'eft pas moins néceffaire au fublime ; car il eft de fon effence de faire une impreffion vive fur les efprits, & de les frapper d'admiration. Le moyen fans nouveauté de produire ces grands effets ? ce qui eft familier à l'efprit, n'y fauroit plus faire qu'une impreffion languiffante. Il eft vrai qu'en remontant au temps & aux circonftances, où une chofe fublime a été dite, on reconnoît bien qu'elle a dû étonner alors ; & on l'admire soi-même, en la regardant dans son origine : mais l'imitateur qui la répéte, ne peut plus que surprendre l'estime de ceux qui l'ignorent , & qui prennent sa mémoire pour du génie.

La plûpart des Ecrivains devroient rechercher un peu plus la nouveauté, au péril de donner moins d'Ouvrages. Ils pensent que pour copier ce qu'ont dit de grands hommes, ils sont eux-mêmes de grands hommes. Mais le Public ne s'y trompe pas comme eux ; & il sait mépriser des Auteurs qui ne lui disent que ce qu'il a cent fois admiré.

+ Qu'on ne dise pas qu'il n'y a plus de pensées nouvelles, & que depuis que l'on pense, l'esprit humain a imaginé tout ce qui se peut dire. Je trouverois aussi raisonnable de croire que la nature s'est épuisée sur la différence des visages, & qu'il ne peut plus naître d'homme à l'avenir qui ne ressemble précisément à quelqu'autre qui ait été. L'expérience ne prouve que trop qu'avec cette ressemblance générale que les hommes conserveront toujours entr'eux, ils ne laisseront pas d'avoir des différences considérables. Je crois de même que nos pensées, quoiqu'elles roulent toutes sur des idées qui nous sont commun s, peuvent cependant par leurs circonstan ces, leur tour & leur application particuliére, avoir à l'infini quelque chose d'original.

Les grandes idées font encore essentielles au sublime ; car ce n'est pas assez qu'il plaise, il doit élever l'esprit, & c'est précisément cet effet qui le caractérise. Il faut donc de grands objets & des sentimens extraordinaires. La description d'un hameau peut bien plaire par la naïveté & la grace ; mais Neptune calmant d'un mot les flots irrités, Jupiter faisant trembler les Dieux d'un clin d'œil ; ce n'est qu'à de pareilles images qu'il appartient d'étonner & d'élever l'imagination. Pour les sentimens, on peut bien être touché des plus foibles & de ceux qui nous font les plus familiers : mais nous n'admirons que ceux qui font au-dessus des foiblesses communes, & qui par une certaine grandeur d'ame qu'ils nous communiquent, augmentent en nous l'idée de notre propre excellence.

Au reste, comme je l'ai dit, c'est à l'élégance & à la précision à mettre le sublime dans tout son jour. C'est même quelquefois la briéveté qui fait la plus grande force des traits qui passent pour merveilleux ; & il ne faut au contraire qu'un mot superflu pour énerver la pensée la plus vive, & la dégrader du sublime.

Les Poëtes lyriques doivent se faire une loi de cette précision. Le stile diffus peut

convenir aux Orateurs : il leur eſt permis
d'étendre leurs raiſons , & de les offrir ſous
diverſes faces, pour ſuppléer par cette abondance , à ce qui peut échapper aux Audi-
teurs. On le doit paſſer quelquefois par la
même raiſon aux Poëtes de Théatre , qui
peuvent encore par ce moyen prolonger
des mouvemens & des paſſions agréables.
Mais il n'en eſt pas de même des Odes. Le
Poëte y doit compter ſur toute l'attention
du Lecteur ; & tâcher toujours d'exercer
ſon eſprit par un grand ſens, que la ſuper-
fluité des mots ne faſſe pas languir.

Que vous ayez réveillé quelque idée ;
ou quelque image ; ſi ce que vous ajoutez,
ne produit pas un nouvel effet , l'eſprit du
lecteur tombe auſſi-tôt dans ' inaction , &
ſon oreille même n'eſt plus flatée de ce
qu'il ſent d'oiſif dans votre ouvrage.

Les épithétes dans les Poëtes médiocres
contribuent beaucoup à cette lâcheté de
ſtyle ; comme elles ſont aux bons Auteurs
un moyen de force & de préciſion. En effet , rien n'abrége tant le diſcours , & ne
multiplie tant le ſens, qu'une épithéte bien
choiſie : elle tient lieu preſque toujours
d'une phraſe entiére : elle fait une impreſſion vive & inattendue ; & outre l'agrément de la briéveté , quelques lecteurs
ſentent encore, ce qui fait une partie de
leur plaiſir , la peine & le mérite qu'il y a

de s'exprimer auſſi heureuſement, malgré toute la contrainte des vers.

Je ſais bien qu'en outrant cette briéveté, on devient néceſſairement obſcur, & qu'un Poëte tombe d'autant plus aiſément dans ce défaut, que ce qu'il a dit réveillant en lui l'idée de ce qu'il a voulu dire, il ſupplée toujours au défaut de ſon expreſſion, ſans s'appercevoir qu'elle ne ſuffit pas par elle-même, à exprimer toute ſa penſée.

Le meilleur reméde à cela eſt de conſul-ter des oreilles ſçavantes, ſans trop s'in-quiéter pour ſatisfaire ceux à qui la langue & les idées poëtiques ne ſont pas aſſez fa-miliéres; car enfin un Poëte ne prétend parler qu'aux gens d'eſprit; & à moins que d'en dire trop pour eux, il n'en dira jamais aſſez pour les autres.

Voilà les réflexions que j'ai faites ſur ce qui peut convenir à l'Ode; ſur-tout à l'Ode héroique. J'ai travaillé d'après ces idées le plus exactement que j'ai pu; & je ſou-mets également à la déciſion des Sçavans, & les réflexions & l'ouvrage.

JE dois préſentement parler des Au-teurs que j'ai eu la hardieſſe d'imiter, pour donner une foible idée des Odes Grecques & Latines. J'ai choiſi les Poëtes les plus célébres dans ce genre, Anacréon, Pin-dare & Horace. Ils avoient tous trois un

génie fort différent ; & je vais tâcher d'en
faire connoître la diverfité , en rendant
raifon des moyens que j'ai pris pour imiter
leurs Ouvrages.

Du caractére dont Anacréon fe peint
dans fes Odes , on ne devoit pas attendre
de lui d'autres ouvrages que ceux qu'il nous
a laiffés. Il aimoit paffionément le plaifir;
& comme il n'imaginoit rien pour l'homme au-delà de la vie préfente, il en mettoit
le bon ufage à en confacrer tous les inftans
à la volupté. La pareffe eft une fuite naturelle de ce principe ; ainfi Anacréon qui vivoit conféquemment , ne fe fatiguoit pas
à méditer ni à arranger de longs ouvrages ;
il fe contentoit de mettre en œuvre quelques idées qui s'offroient d'elles-mêmes ,
& qui s'arrangeoient peut-être encore par
fentiment plus que par réflexion. Partagé
qu'il étoit entre l'amour & la bonne chere,
il n'a prefque écrit que pour nous le dire.
Le plaifir étoit fon occupation : la Lyre
n'étoit que fon délaffement.

Un Auteur de ce caractére ne fournit pas
d'ordinaire de gros volumes, mais fouvent
auffi ce qu'il donne en a l'air moins inégal
& plus naturel. Telles font les Odes d'A-
nacréon; courtes, fa pareffe n'en eût pas fouf-
fert d'autres ; naives, il n'écrivoit que ce
qu'il fentoit ; toujours remplies de tour &
d'élégance , il attendoit les momens heu-

reux de fon imagination , & ne faifoit proprement qu'obéir à fon génie.

La plûpart de fes Odes font de petites
chanfons qui paroiffent dictées par l'A-
mour & par Bacchus. On les a affez heureufement imitées de nos jours , & peut-
être fans deffein ; car comme chaque paffion à fon génie , fes tours & fes expref-
fions , l'amour & la bonne chere peuvent
encore infpirer aujourd'hui ce qu'Anacréon
penfa de fon temps : & je crois qu'eneffet
nous avons beaucoup de chanfons de fon
goût , dont les Auteurs n'ont jamais lu
leur prétendu modèle.

Pour moi, j'ai tâché véritablement de lui
reffembler dans les Odes que j'appelle Anacréontiques ; j'ai voulu y donner une idée
de fon efprit , de fes mœurs & même de
fon ftile. Je me ferois peut-être contenté
pour cela de traduire quelques-unes de fes
Odes , fi elles n'étoient déja toutes traduites par des Auteurs que je refpecte, & que
je ne me ferois pas flatté d'égaler.J'ai mieux
aimé,pour faire au moins quelque chofe de
nouveau , imaginer quelques fictions du
genre de celles d'Anacréon , les traiter à fa
maniére,& chercher felon mes forces,cette
douceur & cette facilité de ftile , qui font
un de fes plus grands charmes.

Chacune de mes Odes a un rapport particulier à quelqu'une de celles d'Anacréon.

Par exemple, il souhaite dans une des sien-
nes de devenir tout ce qui sert à sa Maîtresse : j'en fais une , où je souhaite d'être
tout ce qui plaît à une Maîtresse que j'imagine exprès pour cela ; car sans Maîtresse,
le moyen d'imiter Anacréon ?

Il décrit plusieurs songes agréables, malheureusement interrompus : pour l'imiter,
je substitue à la narration la chose même ,
& je me suppose dans l'illusion d'un songe
qu'on détruit en me réveillant. Il dit dans
sa premiere Ode que sa lyre ne veut chanter que les Amours , & il raconte que ,
quoiqu'il l'eût remontée de cordes nouvelles pour chanter les actions des Héros, elle
ne rendoit cependant que d'amoureux accords. J'exécute ce qu'Anacréon raconte,
& en voulant célébrer la gloire de Mars ,
je me laisse insensiblement entraîner à une
digression sur les amours avec Vénus, d'où
je ne puis revenir au sujet que je m'étois
proposé.

C'est ainsi que je tâche de ressembler à
Anacréon : j'ai imité même jusqu'à sa morale & à ses passions que je désavoue. J'a-
vertis que dans ces Odes Anacréontiques,
je parle toujours pour un autre , & que je
ne fais qu'y jouer le personnage d'un Auteur , dont j'envierois beaucoup plus le
tour & les expressions que les sentimens.

J'ai voulu donner aussi une idée de Pin-

dare dans les Odes que j'ai imitées de l i,
C'est un caractére tout différent de celui
d'Anacréon, des sentimens religieux, l'é.
loge constant de la vertu, une aigre censure des vices, de l'élévation dans les penfées, de l'énergie & souvent même de l'excès dans l'expression. Voilà les traits principaux de Pindare; voilà ce qui lui a acquis
la primauté entre les Poëtes lyriques. Les
Sçavans, de siécle en siécle, lui ont con-
firmé cet honneur ; & l'on ne peut sans témérité résister à tant de suffrages ajoutés à
l'admiration de ses contemporains.

Il est vrai qu'aujourd'hui peu de gens
sont capables de l'étudier dans sa langue;
que ceux-mêmes qui le lisent dans la traduction latine, avouent la plûpart ingé-
nument, qu'ils ne le trouvent pas encore
trop intelligible, & que nos plus habiles
Ecrivains auroient peine à en faire une
traduction françoise exacte & en même
temps agréable.

Mais cette difficulté n'est pas tout-à-fait
la faute de Pindare. L'obscurité de ses pensées s'est accrue à mesure que les circonstances qui y avoient rapport, se sont effa-
cées, ou que sa langue est devenue moins
familiére. Ces longues digressions qu'on lui
a tant reprochées, étoient, comme je l'ai
déja fait voir, l'inconvénient inévitable de
ses sujets ; & d'ailleurs les fables qu'il y ra-

contoit des Dieux , intéreſſoient alors les peuples autant qu'elles nous ſont aujourd'hui indifférentes.

Ces figures quelquefois ſi exceſſives, ces maniéres de parler auſſi obſcures qu'emphatiques , étoient du goût de ſon ſiécle. Les Grecs les affectoient ſur - tout dans leurs dithyrambes : ce qui fit naître ce proverbe : *cela s'entend moins qu'un dithyrambe.* On prétend même qu'Ariſtophane a voulu railler ces Poëtes , & particuliérement Pindae , dans cet endioit où il fait dire à Socrate , en parlant des nuées : *ce ſont elles qui nourriſſent les Philoſophes, les Médecins, les Devins , les Amans & les Poëtes lyriques.* Mais enfin , autant qu'on le peut , il faut diſtinguer dans les Auteurs les défauts de leur temps d'avec leurs défauts particuliers.

Pour donner une idée de Pindare avec moins de riſque d'ennuyer , j'ai ſubſtitué des Héros de nos jours aux Vainqueurs des jeux olympiques , & la flute que nous connoiſſons , à celle que décrit Pindare , & qui n'eſt plus en uſage.

J'ai développé quelquefois ſes penſées , & j'y ai ajouté quelques tranſitions , pour ne pas trop heurter notre goût. A cela près j'ai conſervé autant que j'ai pu ſes idées, ſon ordre , ſon eſprit de narration, la hardieſſe de ſon ſtile , & quelquefois ſon excès , ſur-tout dans l'Ode où je le fais parler lui-même, & dont je ne dis rien ici pour ne pas répéter l'argument qui la précéde.

Horace est le premier, comme il le dit lui-même, qui ait fait entendre aux Latins la lyre des Grecs ; il pouvoit dire encore qu'il l'avoit perfectionnée ; personne ne lui eût contesté cette gloire.

Il avoit sur l'avenir les mêmes principes qu'Anacréon, qu'il a peut-être un peu trop rebattus dans ses Odes: mais il avoit en même temps un naturel heureux, soutenu de la meilleure éducation ; & à la réserve de certains penchans qui à la honte de son pays & de son siécle n'y étoient pas aussi odieux qu'ils auroient dû l'être, on peut regarder Horace comme un des plus honnêtes hommes de l'antiquité. Il avoit l'esprit étendu, varié, délicat & fleuri. Né également pour la satyre & pour la louange, ses railleries pénétroient d'autant plus qu'elles étoient moins grossiéres ; & ses louanges dégagées de cet air de flatterie qui rébute, pouvoient plaire même à ceux à qui elles ne s'adressoient pas

Exact & riche dans ses descriptions, il y mêle toujours de ces traits naïfs qui mettent presque les objets sous les yeux. Enjoué dans sa morale, il instruit d'ordinaire sans paroître y penser ; & hors quelques occasions où il s'emporte contre les vices des

Romains avec la véhémence d'un cenfeur, fes préceptes font toujours accompagnés d'un agrément qui ne contribue pas peu à les faire goûter. Enfin Horace a prefque traité tous les fujets, toujours d'une maniére nouvelle, avec des figures & des expref-fions également heureufes & hardies.

J'ai ofé traduire quelques-unes de fes Odes, où je ferai demeuré fans doute fort au-deffous de mon original: mais comme il n'y en a point encore de traduction publi-que en vers françois, qu'il n'en a couru de temps en temps dans le monde que de fim-ples imitations, & même la plûpart en vers irréguliers, je me fuis encore laiffé gagner à la nouveauté.

J'ai donc traduit cinq de fes Odes en ftrophes reguliéres, où j'ai tâché de ren-dre toutes fes idées, prefque toujours dans le même nombre de vers, qu'elles font ren-dues dans l'original. J'ai étendu quelque-fois fes fables, & fait entrer pour ainfi dire, le commentaire dans le texte; parce que ce qui s'entendoit à demi mot du temps d'Horace, n'eft pas aujourd'hui auffi con-nu; & il me femble que dans une traduc-tion où l'on veut plaire, le Traducteur doit fuppléer ainfi à la diftance des temps, & tâ-cher toujours de rendre l'équivalent, auffi bien pour les faits que pour les penfées.

C'eft par cette raifon que je n'ai pas tra-

duit littéralement l'endroit de l'Ode à Mécénas, où Horace parle des Lapites, de l'y-
vreſſe d'Hylée & de la révolte des Géans.
J'ai ſuivi une excellente remarque de Mon-
ſieur Dacier. Il prétend que toutes ces fables qu'Horace raſſemble ne ſont qu'une
alluſion aux guerres civiles, à la défaite
d'Antoine, & aux victoires d'Auguſte, ſans
quoi le Poëte n'auroit pas eu raiſon de confondre ces fables avec des événemens de
la République, & de les propoſer enſemble à Mécénas comme le ſujet de ſon hiſtoire. Le ſens caché d'Horace s'entendoit
aiſément par les Romains, & ce détour même rendoit la louange beaucoup plus déli-
cate, & faiſoit une véritable beauté ; mais
aujourd'hui il n'y a plus dans les paroles
d'Horace que l'apparence d'un contretemps; ainſi j'ai cru devoir mettre à la place
de l'alluſion, les choſes qu'elle faiſoit pen-
ſer, afin de rendre ma traduction auſſi claire
que l'Ode pouvoit l'être du temps d'Horace.

J'ai pris encore en quelqu'autre endroit
la liberté de changer le tour & la penſée
d'Horace, pour un ſens qui m'a paru plus
agréable. Voilà un aveu un peu téméraire ;
mais on nous doit pardonner ces hardieſſes,
pourvû qu'elles ne ſoient pas fréquentes.
Rien ne refroidit tant le génie qu'un reſpect
ſuperſtitieux pour l'original. Il eſt cauſe ordinairement

dinairement qu'un Traducteur idolâtre,
pour vouloir rendre trop exactement toutes les beautés de son Auteur, n'en rend
en effet aucune ; car il est impossible, sur-
tout en vers, que toutes les circonstances
d'une pensée passent avec un bonheur égal
d'une langue dans une autre. Il faut opter.
On doit quelquefois négliger les mots les
moins importans, pour enchérir, s'il se
peut, sur les essentiels, afin de rendre par
ces compensations, plutôt le génie & l'a-
grément général, que le détail scrupuleux
des phrases, toujours languissant & sans
grace. C'est par-là qu'un Traducteur peut
être excellent ; c'est par-là qu'un Lecteur
équitable doit juger de son mérite.

Il m'a paru, en examinant les Odes
d'Horace, qu'il ne connoissoit pas, non
plus que les Grecs ses modéles, ou pour
mieux dire, qu'il négligeoit aussi bien
qu'eux un art que les Lyriques modernes
ont observé, & dont ils ont abusé même
assez souvent ; c'est d'arranger tellement
ses pensées dans chaque strophe, qu'il y
ait une gradation de sens, & qu'elles finis-
sent toujours par ce qu'il y a de plus vif &
de plus ingénieux.

L'abus de cette méthode a produit les
pointes, où l'on ne cherchoit qu'à surprendre & à éblouir l'esprit; mais aussi en la négligeant, on perd un des plus sûrs moyens

de plaire. Une bonne chofe ne le paroît
prefque pas après une meilleure : au lieu
qu'en changeant d'ordre, elles font l'une &
l'autre leur impreffion ; & l'efprit parvenu
ainfi par degrés à un fens complet & digne
de fon attention, fe repofe naturellement,
avant que de paffer à un autre.

C'eft ce repos que fuppofe la féparation
des ftrophes; & l'on comprend affez par-là,
qu'il y faut autant que l'on peut, & fans
préjudice du bon fens, ménager une efpéce de chûte capable de caufer quelque fur-
prife, & de donner quelque exercice à
l'efprit.

C'eft dans cette vûe que j'ai ofé prêter
quelques vers à Horace, pour fermer les
ftrophes un peu plus à notre maniére : car
comme je l'ai déja dit, toujours attentif à
s'exprimer proprement & avec délicateffe,
il ne s'embarraffoit pas d'ailleurs de cette
gradation dont je parle ; il ne finiffoit pas
même toujours fon fens avec la ftrophe, &
il étoit obligé d'enjamber fur la fuivante.

J'ai peine à croire que ce ne fût pas-là un
vrai défaut ; car la mefure de chaque ftrophe avoit fans doute été ordonnée pour l'a-
grément, & cette mefure étoit violée, lorfqu'un fens fufpendu obligeoit d'y ajouter
de nouveaux nombres ; ou fi l'on ne faifoit
aucune violence à la mefure, ce devoit
être une fatigue pour l'efprit de fe fentir ar-

rêté fur un fens interrompu. Ce qui me confirme dans ma penſée, c'eſt qu'Horace eſt plus retenu ſur cet uſage, qu'il ne l'auroit été, s'il l'eût cru ſans conſéquence.

Je n'ai rien dit de Sapho ni d'Alcée ; parce que leur caractére eſt déja aſſez peint dans une des Odes que j'ai traduites d'Horace. Ainſi il ne me reſte qu'à dire un mot de l'Ode Françoiſe, & des Auteurs qui ont acquis le plus de réputation dans ce genre.

Je ne remonterai que jnſqu'à Ronſard ; peut-être eſt-ce déja trop. Ses ouvrages ne ſont plus lûs, & je ne crois pas que beaucoup de gens veuillent juger par leurs yeux de ce que j'en vais dire.

Cependant j'oſerai avancer qu'il a imité Pindare, en homme qui connoiſſoit ſon modéle ; juſques-là que ce qu'il emprunte d'Horace, devient Pindarique entre ſes mains. On retrouve par-tout dans ſes Odes ces images pompeuſes, ces graves ſentences, ces métaphores & ces expreſſions audacieuſes, qui caractériſent le Poëte Thébain. Il paroît même aſſez ſaiſi de cet Enthouſiaſme qui entraînoit Pindare ; & le mauvais ſuccès de l'imitateur vient moins d'avoir mal ſuivi ſon modéle, que de n'avoir pas connu le génie de la Langue Françoiſe.

Ronſard ne laiſſa pas d'être l'admiration

de fon fiécle; mais fa gloire ne lui furvécut
guères; & il eft enfin tombé dans un oubli,
dont il n'y a pas d'apparence qu'il fe relé-
ve. Il eft vrai que Pindare eut à peu près la
même fortune; & au rapport d'Athenée,
du tems d'Eupolis le Comique qui vivoit
cent ans après ce Poëte, fa mufe étoit déja
tombée dans le mépris; mais elle reprit
bientôt l'empire, que perfonne depuis
n'a ofé lui contefter.

Il n'y a pas lieu d'efpérer une pareille ré-
volution pour Ronfard; & d'autant moins,
qu'il a été fuivi d'un Poëte pour qui le bon
goût a réuni tous les fuffrages, & plus digne fans comparaifon de fervir de modéle
à l'Ode Françoife.

Malherbe nous a fait connoître dans les
fiennes le prix des penfées raifonnables, &
des expreffions propres & naturelles; car
pour ne pas entrer dans un trop grand détail, je laiffe Mainard & Racan, quoique
dans les Odes du dernier il y ait beaucoup
de nobleffe; & dans celles de l'autre beaucoup de netteté. C'eft en quoi fur-tout ex-
cella Malherbe. Son fens fe préfente de
lui-même; & le tour heureux de fes
phrafes met pour l'ordinaire fa penfée
dans tout fon jour.

Quoique nourri des beautés des Anciens,
il en a rarement paré fes ouvrages: content
de s'en être fervi à fe perfectionner le goût,

il femble avoir fongé dans la fuite à les égaler plutôt qu'à les imiter. Ses defcrip-tions font vives, fes comparaifons juftes & choifies, fes figures variées ; mais il ne s'en permet jamais de trop hardies ; & fage jufques dans fes emportemens, comme l'a dit un grand Critique, il a prefque tou-jours fait voir qu'on peut être raifonnable, fans être froid.

Je fuis furpris cependant qu'après fes Stances fur les larmes de faint Pierre, imi-tation où il paroît adopter avec plaifir les mauvaifes pointes de fon original, il ait pu revenir fi-tôt au judicieux & au vrai. Je fçais bien que dans fes Stances amoureu-fes, il en eft encore forti plus d'une fois ; mais l'amour étoit alors, & a été long-tems après, l'écueil des Poëtes. Au lieu de fen-timens naturels, ils n'employoient que des penfées fubtiles & tirées qui n'effleuroient pas feulement le cœur. Voiture même n'eft plus Voiture dans fes lettres amoureufes. Les Auteurs de fon tems ne fçavoient que donner la préférence à leurs maîtreffes fur l'Aurore & fur le Soleil ; prefque tous les Ouvrages de Poëfie rouloient fur cette feule idée ; & je ne comprends pas com-ment on a pu remanier tant de fois une penfée qui devoit ennuyer dès la premiere.

Malherbe en matiére d'amour, dit fou-vent des chofes auffi outrées. Je défefpére

de l'atteindre dans fes Odes héroïques ;
mais je ne voudrois pas l'imiter dans fes
Odes amoureufes : car j'appelle Odes ce
qu'il n'a appellé que Stances. Il croyoit ap-
paremment que l'Ode ne convenoit qu'à
de grands fujets.

On pourroit encore reprocher à Malherbe un défaut qui lui eft commun avec la
plûpart des Auteurs , c'eft de s'être loué
lui-même auffi fortement qu'il méritoit d'ê-
tre loué par les autres. Cet ufage a commencé avec les Poëtes , & on diroit qu'ils
fe font copiés depuis les uns les autres,
pour célébrer leur mérite , & fe couronner
de leur propre main. Ils félicitent le fiécle
qui les a vu naître ; ils jouiffent d'avance de
l'admiration de la poftérité, & leurs ouvrages ne craignent que les ruines du monde.
Cela eft prefque devenu le ftyle de l'Ode:
les bons & les mauvais Auteurs l'em-
ployent également ; & moi-même , à proportion, je fuis tombé là-deffus dans les
plus grands excès. Mais je reconnois de
bonne foi ma faute ; & je tâcherai à l'avenir de faire mieux , & de m'en piquer
moins.

A en juger de fens froid, je ne fçaurois
croire que l'orgueil foit une bienféance de
la Poëfie. S'il met quelque feu dans un ouvrage , & s'il faut regarder à de certaines
gens les Poëtes comme des hommes infpi-

rés, il les avilit à des yeux plus philofophes, qui les regardent comme des fous
yvres de leur art & d'eux-mêmes. Si cependant le mérite peut excufer ce défaut,
Malherbe eft affez juftifié, puifque tout le
monde eft convenu avec lui de la perfection de fes vers ; mais fa gloire en feroit-
elle moins grande, quand on ne le comp-
teroit pas lui-même au nombre de fes Ad-
mirateurs?

De quelque beauté pourtant que fuffent
les vers de Malherbe, ils ne laifferent pas
de donner encore beaucoup de prife à la
critique. L'Académie examina fes Stances
pour le Roi allant en Limofin : il n'y en eut
qu'une qu'elle admira toute entiére. Les
autres furent toutes convaincues de quelques défauts ; & rien ne prouve mieux,
dit Monfieur Péliffon, que les vers ne
font jamais achevés.

J'avois intérêt de rapporter cette circonf-
tance ; & je voudrois en effet que le Lecteur s'en fouvînt à chaque faute qu'il re-
marquera dans mes Odes ; il en feroit plus
difpofé à me faire grace.

Eh ! le moyen que la mefure des vers,
la tyrannie de la rime, jointe fur-tout à la
contrainte de l'Ode, ne nous arrachent
quelquefois un mot que nous fentons bien
n'être pas le plus jufte, mais que nous nous
pardonnons en faveur de quelque beauté

C iv

que nous ferions obligés] de facrifier avec
lui ?

C'eft la meilleure excufe que je puiffe
donner à des perfonnes que j'honore & qui
m'ont fait des critiques judicieufes, dont
je n'ai pu profiter. J'ofe les affurer que ce
n'eft ni obftination, ni pareffe ; mais l'im-
puiffance du Poëte , & peut-être auffi
celle de l'Art.

Au refte , je ne ferai point ici d'avance
l'apologie de mes Odes ; le Public n'en
jugeroit pas plus favorablement. Je n'ai à
le prévenir que fur deux chofes.

La premiere eft une contradiction apparente fur la fin du Poëme épique , entre
mon Ode du Parnaffe & cette differtation
même. J'ai avancé au commencement de
ce difcours, que le Poëme n'avoit effentiel-
lement d'autre fin que de plaire ; au lieu
que dans l'Ode je lui fuppofe le deffein
d'inftruire. Mais il s'egiffoit là de célébrer
les Mufes, j'y devois adopter des préjugés
qui leur font honneur ; ajoutez que la chofe eft quelquefois véritable, & qu'il y a des
Poëmes où l'on s'eft propofé l'inftruction.
Mais j'ai dû dire ici les chofes précifément
comme elles font, ou du moins comme je
les penfe.

La feconde chofe fur laquelle j'ai à prévenir le Lecteur , eft mon audace Poëtique dans l'Ode de l'Emulation. Quelques

gens pourroient croire d'abord que j'y
manque de refpect aux Anciens, & j'a-
voue que cela me fiéroit moins qu'à aucun
autre. Mais qu'on y prenne garde, je me
tiens toujours dans de juftes bornes : je re-
leve les obligations qu'on a aux Anciens,
& je me contente d'animer les Modernes
à une émulation que je crois néceffaire, &
fans laquelle le génie refroidi fe contente-
roit toujours du médiocre.

J'évite même d'entrer dans cette queftion fi fameufe qui a fait une efpéce de
fchifme dans les lettres. Je laiffe à décider
aux Sçavans, qui l'emporte des Anciens ou
des Modernes. Ma hardieffe ne va qu'à pofer pour principe la poffibilité de furpaffer
nos maîtres ; & il me femble qu'on eft enfin parvenu à en convenir ; mais quand
cette idée feroit auffi fauffe qu'elle eft
vraie, l'illufion ne laifferoit pas d'avoir
encore fes avantages. On fera toujours
d'autant plus d'efforts pour atteindre les
Anciens, qu'on défefpérera moins de les
paffer.

Je conviens que qui ne fçait pas les admirer où ils font admirables, n'écrira jamais rien que de médiocre. Auffi n'eft-ce
pas contre une admiration éclairée que je
m'éleve, mais contre un fentiment aveugle
que l'on s'impofe fur la foi d'autrui, qui ne
difcerne point comment & jufqu'où les

choses sont belles, & qui prodigue aux
défauts mêmes les éloges qui ne sont dûs
qu'aux vraies beautés. En un mot, ce n'est
point un préjugé légitime que je condamne, c'est un *joug* que je secoue ; & j'ai cru
que cette expression devoit lever seule
tous les scrupules.

Qu'on me pardonne encore cette réflexion : ce qui choque le plus les partisans
des Anciens dans le jugement qu'on porte
en faveur des Modernes, c'est l'orgueil
qu'ils en croyent la source. Ils regardent
ceux qui portent ce jugement comme ido-
lâtres d'eux-mêmes, & s'attribuant, au
mépris des Anciens, une force de raison
& une supériorité de génie, qu'ils n'a-
voient pas. Tant pis pour ceux qui se sé-
duiront si grossiérement : pour moi je comprends qu'on peut être modeste, en espé-
rant de passer les Anciens. Il resteroit encore assez de raisons de l'être pour ceux
qui les passeroient en effet. Nous avons un
avantage qui manquoit aux Anciens, puisqu'ils sont nos maîtres, & qu'ils n'en ont
pas eu, du moins d'aussi parfaits. Un génie
médiocre, formé sur leurs exemples, peut
tenir lieu du génie excellent qu'ils ont eu
sans autre secours ; & enfin la perfection
des ouvrages pourroit être de notre côté,
que l'avantage du mérite personnel seroit
encore du leur. L'émulation peut donc

fubfifter avec la modeftie, & je demande feulement qu'on nous la permette à cette condition.

Je n'ay rien à dire fur mes autres Odes, finon que je les ai arrangées pour la variété. Ainfi je finis en me faifant honneur auprès du Public, du fuccès qu'ont déja eu plufieurs des Ouvrages que je lui offre. Le Parnaffe, les Fanatiques, Aftrée, l'Homme, le Poëme des Apôtres, & celui du Plaifir, font déja connus par le jugement qu'en a porté l'Académie des Jeux Floraux ; & l'Ode de la Gloire & du Bonheur du Roi dans les Princes fes enfans, & celle de la Sageffe du Roi fupérieure à tous les événemens, ont auffi pour elles le jugement de l'Académie Françoife. Les fuffrages de Juges auffi éclairés entraînent toujours l'approbation générale. Je crains cependant d'être l'exception de cette régle.

Je mets à la fuite de mes Ouvrages deux Odes Francoifes où l'on me loue, & quelques traductions Latines où l'on m'embellit. Il y a un air de vanité à expofer ainfi au Public des témoignages fi flatteurs pour moi ; & c'eft là-deffus que j'ai cru devoir me juftifier.

Je ne prétends point me défendre d'une fenfibilité raifonnable : j'ai tâché d'y réduire les premiers mouvemens que m'au-

C vj

roient pu caufer des éloges exagérés ; &
c'eft dans cette difpofition jointe à la re-
connoiffance, que je les imprime. La plûpart ont déja couru dans le monde. On
pourroit m'accufer d'une indifférence fuperbe, fi j'évitois de m'en faire honneur.
Peut-être même jugera-t-on fur ces Ouvrages, que j'ai eu moins à combattre la
crainte de paroître vain, que celle d'être
effacé par ceux qui me louent. C'eft un
rifque que je cours avec plaifir ; & la re-
connoiffance d'un Auteur ne fçauroit guères aller plus loin.

LE
DEVOIR.
ODE
AU ROI.

UI, Grand Roi, je cede à mon zèle,
C'eſt à lui de me ſoutenir :
J'oſe encor plus hardi qu'Apelle,
Peindre LOUIS à l'avenir.
J'ai cru que les Muſes laſſées,
Sur tes vertus tant retracées,
N'avoient plus rien à nous dicter ;
Mais celle qu'aujourd'hui j'écoute,
Me montre une nouvelle route ;
Où mon ardeur va m'emporter.

Qu'au bruit de tes Armes terribles,
D'autres étonnent l'Univers;
Tes faits guerriers, tes soins paisibles,
Ne sont point l'objet de mes vers.
Je peins cette ame plus qu'humaine,
Sur qui la Raison souveraine
Exerça toujours son pouvoir;
Et d'un cœur qu'instruit la Prudence,
Cette héroïque indifférence,
Que détermine le Devoir.

On a vu d'heureux Téméraires
Affronter les fureurs de Mars,
On a vu des Rois débonnaires
Protéger Thémis & les Arts :
Le Devoir étoit-il leur guide?
D'un sang paresseux ou rapide,
Ils suivoient les impressions;
Et malgré l'erreur où nous sommes,
Souvent les vertus des Grands-hommes
N'ont été que des passions.

L'ardeur d'une gloire frivole,
Quelquefois enflâme un grand cœur;
Alors la passion s'immole
Au vain phantôme de l'Honneur :
Yvres d'une douce fumée,
Notre amour pour la Renommée,
Nous arrache plus d'un effort :
La soif de l'Estime future,
Peut même, malgré la Nature
Prêter des charmes à la Mort.

Ce n'est pas là l'impure source
De tes vertus, ni de tes faits ;
Vanté du Midi jusqu'à l'Ourse,
Ce bruit ne t'occupa jamais :
Tu ne suis l'orgueil, ni la haine,
Comme ces vains Héros * qu'Hélene
Attira sur le Simoïs,
Et l'avenir le plus sévere,
Dans ce que LOUIS a dû faire,
Verra l'histoire de LOUIS.

* Achille & Agamemnon.

En vain Rivale de Bellone,
La Paix t'étale ses appas;
Si-tôt que le Devoir l'ordonne,
La France enfante des soldats.
Pallas te prête son Egide:
Tu sçais, sage autant qu'intrépide,
Combattre & protéger les Rois:
Sans témérité, sans allarmes,
Tu comptes pour prendre les armes,
Non tes ennemis, mais tes droits.

Mais au mépris de la victoire,
Et malgré ses dons prodigués,
A peine du sein de ta gloire,
Vois-tu tes sujets fatigués;
De l'Olive tu ceins leurs têtes,
Tu rachetes de tes conquêtes,
L'amour de l'ennemi domté:
Tandis que ton Peuple moins sage,
Privé du prix de ton courage,
Murmure contre ta bonté.

Poursuis, fais les plus grands prodiges,
Par un principe encor plus grand,
Puisse marcher sur tes vestiges.
Tout Roi paisible ou conquérant.
Aux cœurs que leur penchant domine,
Fais aimer cette loi divine,
Que les Rois doivent respecter;
Et négligeant jusqu'à l'estime,
Que ton exemple magnanime
Les instruise à la mériter.

ASTRÉE.

ODE

A SON ALTESSE ROYALE

MONSEIGNEUR

LE DUC D'ORLEANS,

TOI que la louange importune,
   Qui ne veux que la mériter ;
PRINCE, plus grand que ta fortune,
Un moment daignes m'écouter.
ASTRE'E, elle-même m'inspire
L'hommage que te rend ma Lyre,
Elle a décidé de mon choix :
Elle veut qu'en toi je révére
Un cœur grand, modefte & fincére,
Tel qu'elle en formoit autrefois.

DESCENDS du ciel, divine ASTRE'E;
Ramenes-nous ces jours heureux,
Où des Mortels seule adorée,
Seule tu comblois tous leurs vœux.
Mais sous tes saintes loix, croirai-je
Que l'homme ait eu le privilége
De fixer jadis les plaisirs ?
Ou ce Régne si favorable,
N'est-il qu'un phantôme agréable,
Né de nos impuissans desirs.

La Terre féconde & parée,
Marioit l'Automne au Printemps;
L'ardent Phœbus, le froid Borée
Respectoient l'honneur de ses champs :
Par tous les dons brillans de Flore,
Sous ses pas, s'empressoient d'éclore,
Au gré du Zéphir amoureux?
Les moissons inondant les plaines,
N'étoient ni le fruit de nos peines,
Ni le prix tardif de nos vœux.

Mais pour le bonheur de la vie,
C'étoit peu que tant de faveurs ;
Tréfors bien plus dignes d'envie,
Les vertus habitoient les cœurs :
Peres, Enfans, Epoux fenfibles,
Nos devoirs, depuis fi pénibles,
Faifoient nos plaifirs les plus doux ;
Et l'Egalité naturelle,
Mere de l'amitié fidéle,
Sous fes lois nous uniffoit tous.

Pourquoi fuis-tu, chere Innocence ?
Quel deftin t'enlève aux mortels ?
Avec la Paix & l'Abondance,
Difparoiffent tes faints Autels :
Déja Phœbus brûle la terre ;
Borée à fon tour la refferre :
Son fein épuife nos travaux :
Sourde à nos vœux qu'elle dédaigne ;
Il faut que le foc la contraigne
De livrer fes biens à la faulx.

Chacun du commun héritage,
Avide, sépara ses champs;
Et ce fut ce premier partage,
Qui fit les premiers mécontens.
Contre l'air variant sans cesse,
Le Besoin pere de l'Adresse,
Eleva les murs & les toits;
Et pour tout reste de justice,
L'homme contre son propre vice,
Forma le frein honteux des loix.

Aux cris de l'Audace rebelle,
Accourt la Guerre au front d'airain;
La rage en ses yeux étincelle,
Et le fer brille dans sa main:
Par le faux honneur qui la guide,
Bientôt dans son art parricide,
S'instruisent les Peuples entiers;
Dans le sang on cherche la gloire,
Et sous le beau nom de victoire,
Le meurtre usurpe les lauriers.

Que vois-je ? en une frêle barque
Quels insensés fendent les eaux !
A ce spectacle, en vain la Parque
S'arme de ses mortels ciseaux ;
En vain se souleve Neptune,
Et par une ligue commune,
Tous les vents ont troublé les airs ;
Malgré la foudre qui l'effraye,
L'avarice obstinée essaye,
De domter les vents & les mers.

C'est toi, furie insatiable,
Qui mets le comble à tous nos maux ;
Par toi, l'Espoir infatigable
Embrasse les plus durs travaux.
Du sein de la terre entr'ouverte,
Chers instrumens de notre perte,
L'argent & l'or sont arrachés :
On les tire de ces abîmes,
Où sage & prévoyant nos crimes,
La Nature les a cachés.

Fureur, Trahison mercénaire,
L'Or vous enfante, j'en frémis !
Le frere meurt des coups du frere,
Le pere de la main du fils !
L'Honneur fuit, l'Intérêt l'immole ;
Des loix que par-tout on viole,
Il vend le silence, ou l'appui :
Et le crime seroit paisible,
Sans le remords incorruptible
Qui s'éleve encor contre lui.

Viens calmer ce désordre extrême ;
Astrée, exauces mes souhaits ;
Je cherche l'homme en l'homme même :
Il a perdu ses plus beaux traits ;
Qu'à ton retour tout se répare,
Des cœurs que l'intérêt sépare,
Viens resserrer les doux liens ;
Et sans la premiére abondance,
Rends-nous seulement l'innocence ;
Elle tient lieu de tous les biens.

LE

PARNASSE.

ODE

A MONSEIGNEUR

LE CHANCELIER·

QUELLE eſt cette fureur ſoudaine !
Le mont ſacré m'eſt dévoilé ;
Et je vois jaillir l'Hypocréne,
Sous le pied du cheval aîlé.
Un Dieu, car j'en crois cette flâme
Que ſon aſpect verſe en mon ame,
Dicte ſes loix aux chaſtes Sœurs ;
L'immortel laurier le couronne,
Et ſous ſes doigts ſçavans réſonne
Sa Lyre Maîtreſſe des cœurs.

De la superbe (*a*) Calliope,
La trompette frappe les airs.
Que vois-je ! elle me dévelope
Les secrets du vaste Univers.
(*b*) Les Cieux, les mers, le noir Cocyte;
L'Elysée où la paix habite,
A son gré s'offrent à mes yeux.
(*c*) Sa voix enfante les miracles,
Et pour triompher des obstacles,
Dispose du pouvoir des Dieux.

Sous ces Mystérieux prodiges,
Muse, tu caches tes leçons;
(*d*) Tu nous instruis, tu nous corriges,
Par tes héroïques chansons.
L'homme trop ami du mensonge,
Souvent séduit par un vain songe,
Du vrai ne sent pas la beauté;
Mais malgré ce penchant coupable,
Tu sçais sous l'appas de la Fable,
Lui faire aimer la vérité.

(*a*) Le Poëme épique.　　(*c*) Le merveilleux.
(*b*) Les descriptions　　(*d*) La fin du Poëme épique.

Melpoméne (*a*) les yeux en larmes,
De cris touchans vient me frapper;
Quel art me fait trouver des charmes
Aux pleurs que je fens m'échapper ?
La Pitié la fuit gémiffante,
La Terreur toujours menaçante,
La foûtient d'un air éperdu.
Quel infortuné faut-il plaindre?
Ciel ! quel eft le fang qui doit teindre
Le fer qu'elle tient fufpendu ?

Mais tes ris, aimable (*b*) Thalie,
Me détournent de ces horreurs :
D'un fiécle en proye à la folie,
Tu peins les ridicules mœurs.
Impofteurs, Avares, Prodigues,
Tout craint tes naïves intrigues ;
On s'entend, on fe voit agir.
Tu bleffes, tu plais tout enfemble,
Et d'un mafque qui nous reffemble,
Ton art nous fait rire & rougir.

(*a*) La Tragédie | (*b*) La Comédie,

(*a*) Quelle autre avec plus d'amertume,
Ajoute les noms aux portraits?
Le fiel découle de fa plume,
La Colére aiguife fes traits.
Je la vois qui pleine d'audace,
Chaffant mille Auteurs du Parnaffe.
De lauriers dépouille leur front,
Et ce revers les laiffe en proie
Au ris, à la maligne joie
Plus cruelle encor que l'affront.

Qu'entends-je? (*b*) Euterpe au pied d'un hêtre,
Chantant les troupeaux, les jardins,
Du fon d'une flûte champêtre,
Réveille les échos voifins.
(*c*) Deux Bergers que fa voix enchante?
Des biens tranquilles qu'elle chante,
Viennent étudier le prix;
Et tous deux ofent après elle,
Sur une mufette fidelle,
Redire ce qu'ils ont appris.

(*a*) La Satyre.
(*b*) L'Eglogue.   (*c*) Théocrite & Virgile.

(*a*) Mais ici fous des cyprès fombres ;
Une Nymphe l'œil égaré,
Redemande au Tyran des ombres
Un amant trop tót expiré.
Querellant la Parque perfide,
Le pâle Chagrin qui la guide,
Lui creufe un tombeau fous fes pas.
L'amour approuve fes allarmes,
Et vainqueur tendre, il plaint des larmes
Qui fans lui ne couleroient pas.

(*b*) Quelle mufe de fleurs nouvelles
Qu'affemble un choix ingénieux,
Fait des guirlandes immortelles,
Ornemens des Rois & des Dieux ?
Elle chante au gré de fon zéle,
Le fils enjoué de Sémele,
Ou l'aveugle fils de Vénus ;
Et quelquefois dans les allarmes,
Elle ofe pour le Dieu des armes,
Négliger l'Amour & Bacchus.

(*a*) L'Elegie. | (*b*) L'Ode.

C'est Polymnie : à tant de graces,
Qui peut méconnoître tes chants ?
Autrefois sous le nom d'Horace,
Tu fis tes airs les plus touchants.
Aujourd'hui le Dieu qui m'inspire,
A daigné me prêter ta Lyre
Pour célébrer le double mont.
Si j'en ai soutenu la gloire,
Muse, viens payer ma victoire,
D'un laurier digne de mon front.

C'est fait ; pour prix de mon audace,
J'entends qu'on décerne à mon nom
Tous les honneurs de ce Parnasse
Dont (a) PONTCHARTRAIN est l'Apollon
Des loix souverain interpréte
Toi de qui la sagesse prête
Aux Muses, l'appui de Themis ;
Phœbus veut que sous tes auspices,
Je consacre ici les prémices (b)
Des triomphes qu'il m'a promis.

(a) Protecteur de l'Acadé-   (b) Premiére Ode de l'Au-
mie des Jeux Floraux.   teur couronnée à Toulouse.

LA NAISSANCE
DE MONSEIGNEUR
LE DUC DE BRETAGNE

ODE

AU ROI.

GRAND ROI, la fortune affervie,
De tout tems a comblé tes vœux;
Mais de la plus heureufe vie,
Voici le jour le plus heureux.
De ton petit-fils vient de naître
UN PRINCE, après lui notre maître,
Et le préfage de la paix.
Ainfi le jufte ciel déclare
Quelle eft la vertu la plus rare,
Par le plus rare des bienfaits.

Que cette fleur qui vient d'éclore,
Promet de fruits à nos neveux !
Nous beniſſons déja l'Aurore
Du jour qui doit luire ſur eux.
Par-tout les temples retentiſſent
Des chants dont nos cœurs applaudiſſent
Au ciel ſi prodigue pour toi.
Goûtes, témoin de notre zèle,
Dans l'amour d'un Peuple fidéle,
Le plus digne plaiſir d'un Roi.

Jouis de ces ſincéres fêtes
Que l'amour vient nous inſpirer,
Telles que tes juſtes conquêtes
En ont fait cent fois célébrer.
Lorſque le ſoleil ſe retire,
Il ſemble que ſur ton empire
Un autre ſe leve, & nous luit ;
Et notre joye ingénieuſe,
Malgré ſon abſence ennuyeuſe,
Fait un nouveau Jour de la Nuit.

Par tout de ces lances ardentes
Que ſuit le regard curieux,
Naiſſent mille Etoiles brillantes
Qui font pâl'r celles des Cieux.
Par-tout réſonne l'Art d'Orphée :
Les Jeux triomphans de Morphée,
Ont pris la place du Repos ;
Et de tous côtés ſur leurs traces
Les Ris dançans avec les Graces,
Foulent aux pieds ſes froids pavots.

Qu'en ce Prince un jour ſe conſomme
Tout ce qu'on oſe en eſpérer !
Il eſt ton fils, mais il eſt homme ;
Sa jeuneſſe peut s'égarer :
Sous tes yeux, juſqu'à ſon automne,
Qu'il ſe prépare à la couronne :
Pour ce vœu nous nous uniſſons.
Rends-le digne de ſa naiſſance ;
Et ce qu'en lui le Sang commence,
Achèves-le par tes leçons.

Que ta fage valeur l'infpire;
Modére en ce futur vainqueur,
Le foin d'étendre fon Empire,
Ordinaire écueil d'un Grand Cœur.
Maitre de tout, que la Juftice
Elle feule l'affujetiffe;
Qu'il y fçache tout rapporter.
Qu'aimé d'un Peuple qui doit naître,
Il faffe fon plaifir de l'être,
Sa gloire de le mériter.

L'Hiftoire a foupçonné qu'Augufte
D'un fouci jaloux combattu,
Vouloit qu'un Succeffeur injufte
Servît de lufte à fa vertu.
Moins efclave de ta mémoire,
Tu formes tes fils à la gloire,
Par tes leçons & tes exploits;
Content, fi plus grands que toi-même,
Ils t'enlevoient l'honneur fuprême
D'être le modéle des Rois.

Mais non, eux feuls mieux que nos veilles,
Mieux que tout l'effort d'Apollon,
Peuvent par leurs propres merveilles,
Affûrer l'honneur de ton nom.
Leurs faits feront le témoignage
De ces prodiges que notre âge
Te voit fans ceffe exécuter.
Au mépris même de l'Hiftoire,
L'Avenir n'oferoit les croire,
S'il ne les voyoit imiter.

LA GLOIRE

ET LE BONHEUR.

DU ROI,

DANS LES PRINCES SES ENFANS,

ODE

A MONSEIGNEUR

L'ASTRE fécond qui nous éclaire,
Devant qui les autres ont fui,
Confond le regard téméraire
Qui s'ose élever jusqu'à lui ;
Mais, quand dans la nue éclatante,
Où lui-même il se représente,
Sa fidelle image nous luit,
Notre œil que ce prodige attire,
D'un regard tranquille l'admire,
Dans l'Astre nouveau qu'il produit.

Tel, d'un trop vif éclat m'étonne,
L'amas des vertus de L O U I S :
De la gloire qui l'environne,
Les yeux mortels font éblouis.
C'eft dans fa glorieufe Race,
Qui feule à nos yeux le retrace,
Que j'ofe aujourd'hui l'admirer :
Mufe, en fes vivantes images,
Je veux lui rendre mes hommages :
Pourriez-vous ne pas m'infpirer ?

O Toi , (*a*) la premiére efpérance
D'un empire qu'il fait fleurir ;
Toi dont la tendre obéiffance
Vaut mieux que l'art de conquérir :
Quand il veut t'armer de fa foudre,
Tu fçais mettre les murs en poudre,
Tu fuffis aux plus hauts projets ;
Mais digne fils d'un fi Grand Maître ;
Ta grandeur eft de fçavoir n'être
Que le premier de fes fujets.

(*a*) Monfeigneur le Dauphin.

Quel prix ne dois-tu pas attendre
De ce zèle ardent pour ton Roi?
Ta postérité te va rendre
Ce que L O U I S reçoit de toi.
Vois tes fils, ces jeunes Alcides,
Comme toi, justes, intrépides,
Par toi aimés & triomphans.
Ainsi de la vertu d'un pere,
La récompense la plus chere
Est la vertu de ses enfans.

Si l'Ibére admire PHILIPPE,
S'il voit tant de dons en lui seul,
Il en reconnoît le principe
Dans son pere & dans son Ayeul:
Heureux que le choix le plus sage
Fasse à jamais couler le Tage
Sous de si favorables loix;
Il voudroit pour le bien du Monde,
Qu'un jour dans ta Race féconde,
La Terre choisît tous ses Rois.

Regarde au milieu des allarmes,
Le Héros vainqueur de Brisac ?
Vois ses défenseurs sous nos armes,
Tomber en foule au triste Lac :
Que d'emploi pour la Renommée !
Déja la victoire charmée
Le comble des honneurs guerriers ;
Mais toujours fiére, elle s'étonne
De voir un front qu'elle couronne,
Si modeste sous ses lauriers.

Pour se délasser , il cultive
Les Muses, les paisibles Arts ;
Et de Minerve il joint l'olive
Aux pénibles lauriers de Mars.
Triomphant d'un âge rebelle,
Ce n'est qu'à l'ardeur d'un saint zèle
Que son cœur se laisse enflâmer :
Le juste ciel l'en récompense,
Et de son sang donne à la France
Un fils que LOUIS va former.

Vain espoir qu'un instant renverse !
Sort cruel ! ce PRINCE n'est plus.
GRAND ROI, Dieu tour à tour exerce
Et récompense tes vertus.
Sûr de ta Piété solide
Au chaste sein d'ADELAÏDE,
Il va réparer ces revers ;
Et par une suite de Princes,
Durable appui de nos Provinces,
Te rendre plus que tu ne perds.

Tout me garantit ce présage ;
Les sanglans Duels abolis ;
L'Hérésie en proie à la rage,
Pleurant ses temples démolis :
J'en crois ton exacte Justice,
Fléau de la fraude & du vice ;
Pour la paix tes desirs constans ;
Certain de cet oracle auguste,
Que le Thrône où régne le Juste,
Ne craint point l'outrage des tems.

Que ces Princes qu'en un autre âge,
Nos fils verront régner fur eux,
Faſſent ſous toi l'apprentiſſage
Du grand art de les rendre heureux:
Qu'au-deſſus de leur grandeur même,
Ils préférent au Diadême
La gloire de le mériter;
Et qu'à te ſuivre auſſi fidelle,
Leur Race, aux Rois qui naîtront d'elle,
Enſeigne encore à t'imiter.

LE DESIR
D'IMMORTALISER
SON NOM.
ODE.

OUI, mortels, de ce que nous sommes
Nous voulons de nombreux témoins,
Et l'estime des autres hommes
Est un de nos plus grands besoins.
Nous ne sçaurions nous satisfaire
D'un mérite trop solitaire ;
Nous cherchons un destin plus beau :
Sans cesse avides de paroître,
Nous croyons agrandir notre être,
En gagnant un témoin nouveau.

C'eſt peu, cette ſuperbe envie
S'affranchit des loix du trépas ;
Elle veut qu'avec notre vie
Notre nom ne périſſe pas.
De nous-mêmes ſauvons ce reſte ;
Au fond du cœur le plus modeſte
Ce deſir n'eſt jamais vaincu ;
Et nous voulons, malgré la Parque,
Laiſſer une éternelle marque
Que du moins nous avons vécu.

O toi, trop triſtement ſolide,
Philoſophique vérité,
Ne viens point nous montrer le vuide
D'une fauſſe immortalité.
Plus cruelle que ſalutaire,
Ton funeſte flambeau n'éclaire
Que pour répandre un froid poiſon.
Laiſſes-nous ce goût pour l'eſtime,
Et reſpecte un inſtinct ſublime,
Plus utile que la raiſon.

La Raison n'a qu'un foible empire,
Ses tristes autels sont déserts;
L'instinct qu'elle veut contredire
Est le moteur de l'univers.
Mieux qu'elle il sçait au fond des ames
Allumer d'héroïques flammes,
C'est à lui seul de nous régir.
Elle n'arrache à ses captives
Que des réflexions oisives;
L'instinct plus puissant fait agir.

Quelle lumiére me fait lire
Dans le cœur de ce souverain, (a)
Dont le délicieux empire
Fit les plaisirs du Genre Humain?
Ami zèlé de la Justice,
Par le charme imposteur du vice,
Ne fut-il jamais combattu?
Cent fois; mais l'amour de la gloire,
Le soin constant de sa mémoire
Fut le soûtien de sa vertu.

(a) Titus.

J'ose approfondir ce grand homme (a)
De qui la magnanimité,
Digne même d'étonner Rome,
Tente notre incrédulité.
Pour qui vient de s'ouvrir ce gouffre?
Victime d'un Peuple qui souffre,
Il y court, quel est son appui?
La mort à ses yeux n'est point belle;
Mais il n'envisage au lieu d'elle,
Que le nom qu'il laisse après lui.

'A qui devons-nous ces ouvrages,
Brillans d'utiles agrémens,
Qui respectés dans tous les âges,
En verront les derniers momens?
Aux inventeurs de ces merveilles,
La soif d'éternifer leurs veilles,
Tenoit lieu d'un cœur généreux.
Ils nous auroient laissé séduire;
Et dédaignant de nous instruire,
Ils n'auroient pensé que pour eux.

(a) Curtius.

Non, que cet inflinct que je loue,
Nous prépare un solide bien :
Même en la cherchant, je l'avoue,
Cette immortalité n'eft rien.
De ce que cette enchantereffe
Peut arracher à la pareffe,
Nos neveux eux feuls jouiront.
Rien ne nous fuit qu'un fon frivole ;
Qu'importe ! un grand cœur s'en confole
Par le fruit qu'ils en tireront.

Vous, hardis fcrutateurs des chofes,
Peuple idolâtre du fçavoir,
Qui voulez dans le fein des caufes
Tout approfondir & tout voir,
La vérité vous le révele ;
L'ardeur d'une gloire immortelle
N'eft qu'une aveugle impreffion ;
Mais pour agir avec courage,
Elle-même, elle vous engage
De vous rendre à l'illufion.

Le sage qui par connoissance
Se livre à cet instinct flatteur,
S'associe à la Providence,
Suit le dessein du Créateur.
Pour servir la race future,
C'est l'aiguillon que la Nature
A mis en nous pour nous presser.
Ne soyons pas plus prudens qu'elle,
Et que notre Raison rebelle
Ne cherche plus à l'émousser.

Souverain arbitre du monde,
Quelle est ta grandeur ! Je la vois
Dans la simplicité féconde
De tes invariables loix.
Si du mouvement la loi sage
De tous les corps soûtient l'ouvrage,
Dans l'ordre que tu lui prescris;
La société n'est durable
Que par cet instinct immuable
Dont tu sçais mouvoir les esprits.

L'ACADÉMIE

DES SCIENCES.

ODE

A MONSIEUR

L'ABBÉ BIGNON.

Q U E L eſt ce mortel que j'obſerve?
L'humble vertu lui ſert d'appui :
A ſes côtés marche Minerve :
L'ignorance fuit devant lui.
Mais quel prodige ! ſur ſes traces,
Le Sçavoir raſſemble les Graces,
Lui qui ſi ſouvent les bannit ;
Ah ! je ſçais qui je vois paroître :
Pourrois-je encor le méconnoître ?
C'eſt B I G N O N qui les réunit.

Prête l'oreille à mon audace ,
D'un regard viens me ſecourir :
J'oſe célébrer ce Parnaſſe
Que tes ſoins ont fait refleurir.
J'y vois l'adroite Mécanique ;
Ingénieuſe , elle s'applique
A mille prodiges nouveaux ;
Elle force tous les obſtacles ,
Et fait ſervir à ſes miracles ,
L'Air , le Feu , les Vents & les Eaux.

Uranie aux céleſtes Voutes
Elevant ſes hardis regards ,
Parcourt les inégales routes ,
Que tiennent les Aſtres épars ;
Prévoit quel corps dans leur carriére
Doit nous dérober leur lumiére ,
Et nous en prédit les inſtans :
Sçait leur diſtance , leur meſure ,
Et tous les rangs que la Nature
Leur a preſcrits dans tous les Tems.

La Géométrie est le guide
Qui sans cesse éclairant leurs pas,
Leur prête le secours solide
De sa Régle & de son Compas.
Ses sœurs avec elles infaillibles,
Bientôt dans leurs sentiers pénibles,
S'égareroient sans sa clarté.
Toutes ses démarches sont sûres,
Et sa main à nos conjectures
Met le sceau de la vérité.

Mieux qu'elle encor l'exacte Algébre,
Ce grand art aux magiques traits,
Aussi négligé que célébre,
Pénétre les plus hauts secrets.
La vérité, des yeux vulgaires
A beau reculer ses mystéres,
Il s'obstine à les dévoiler ;
Et par un artifice extrême,
En l'interrogeant elle-même,
Il la force à se déceler.

Moins haute & non moins inftructive,
L'Anatomie en fes emplois,
Du corps, où notre ame eft captive,
Examine toutes les loix.
Elle fuit ce fecret Méandre
Que la nature y fçut répandre,
Dans tous les détours de fon lit.
En fa recherche, ofons-la fuivre ;
Eh ! n'eft-il pas honteux de vivre,
A qui ne fçait pas comme il vit ?

Mais hélas ! que de maux nous caufe
Ce corps fi fouvent abbatu !
Quel art à fes douleurs oppofe
Des plantes l'obfcure vertu ?
La Botanique fecourable
Va d'un regard infatigable
Obferver leur diverfité ;
Et toujours fçavamment furprif,
De la main qui les organife,
Adore la fécondité.

Je vois la Chimie attachée
A servir encor son dessein ;
De la nature trop cachée ,
Seule elle sçait ouvrir le sein :
Voit par quels secrets assemblages ,
Elle a varié ses ouvrages ,
Animaux , Plantes , Minéraux ;
Et sçait en mille expériences ,
Faire à son gré les alliances
Et les divorces des Métaux.

Sçavantes Sœurs, soyez fidelles
A ce que présagent mes vers :
Par vous de cent beautés nouvelles ,
Les Arts vont orner l'Univers.
Par les soins que vous allez prendre ,
Nous allons bien-tôt voir s'étendre
Nos jours trop prompts à s'écouler ;
Et déja sur la sombre rive ,
Atropos en est plus oisive ,
Lachésis a plus à filer.

L'HOMME.

ODE

A MONSIEUR

DE FIEUBET.

MON cœur d'une guerre fatale
Soutiendra-t-il toujours l'effort?
Remplira-t-elle l'intervale
De ma naiſſance & de ma mort?
Pour trouver ce calme agréable,
Des Dieux partage inaltérable,
Tous mes empreſſemens ſont vains.
En ont-ils ſeuls la jouiſſance?
Et le deſir & l'eſpérance
Sont-ils tous les biens des humains.

Oui, d'une vie infortunée
Subissons le joug rigoureux :
C'est l'arrêt de la destinée,
Qu'ici l'homme soit malheureux.
L'espoir imposteur qui l'enflamme,
Ne sert qu'à mieux fermer son ame
A l'heureuse tranquillité.
C'est pour souffrir, qu'il sent qu'il pense ;
Jamais le Ciel ne lui dispense
Ni lumiére, ni volupté.

Impatient de tout connoître,
Et se flattant d'y parvenir,
L'esprit veut pénétrer son Etre,
Son principe & son avenir ;
Sans cesse il s'efforce, il s'anime ;
Pour sonder ce profond abîme,
Il épuise tout son pouvoir :
C'est vainement qu'il s'inquiette,
Il sent qu'une force secrette
Lui défend de se concevoir.

Mais cet obſtacle qui nous trouble,
Lui-même ne peut nous guérir :
Plus la nuit jalouſe redouble,
Plus nos yeux tâchent de s'ouvrir.
D'une ignorance curieuſe
Notre ame eſclave ambitieuſe,
Cherche encor à ſe pénétrer.
Vaincue, elle ne peut ſe rendre,
Et ne ſçauroit ni ſe comprendre,
Ni conſentir à s'ignorer.

Volupté, douce enchantereſſe,
Fais enfin ceſſer ce tourment :
Qu'une délicieuſe yvreſſe
Répare notre aveuglement.
A nos vœux ne ſois plus rebelle ;
Et du cœur humain qui t'appelle,
Daignes pour jamais te ſaiſir.
Eloignes-en tout autre Maître ;
Que l'ambition de connoître
Céde à la douceur du plaiſir.

Mais tu fuis, la voute azurée
Pour jamais t'enferme en son sein.
Parmi nous ne t'es-tu montrée
Que pour t'y faire aimer en vain?
Il n'est point de vœux qui t'attirent;
Tu souffres que nos cœurs expirent,
Lentes victimes de l'ennui :
Où sous ton masque délectable ,
Le crime caché nous accable
Du remords qu'il traîne après lui.

Tel qu'au séjour des Euménides ,
On nous peint ce fatal tonneau,
Des sanguinaires Danaïdes,
Châtiment a jamais nouveau :
En vain ces sœurs veulent sans cesse
Remplir la Tonne vengeresse ,
Mégere rit de leurs travaux ;
Rien n'en peut combler la mesure ,
Et par l'une & l'autre ouverture
L'onde entre , & fuit à flots égaux.

Tel est en cherchant ce qu'il aime,
Le cœur des mortels impuissans ;
Supplice assidu de lui-même,
Par ses vœux toujours renaissans.
Ce cœur qu'un vain espoir captive,
Poursuit une paix fugitive,
Dont jamais nous ne jouissons ;
Et de nouveaux plaisirs avide,
A chaque moment il se vuide
De ceux dont nous le remplissons.

Toi que de la misére humaine
Tes vertus doivent excepter ;
FIEUBET, plains l'espérance vaine
Dont j'avois osé me flatter.
Mon zéle me faisoit attendre
Un plaisir solide à te rendre
Cet hommage que je te dois ;
Mais je n'ai , malgré mon attente ,
Qu'une crainte reconnoissante
Qu'il ne soit indigne de toi.

Aussi sévére qu'équitable,
Tu veux un sens dans nos Ecrits ;
Elevé, nouveau, véritable,
Dont le tour augmente le prix.
Jaloux d'obtenir ton suffrage,
J'ai tâché d'orner cet Ouvrage
De traits dignes de te toucher ;
Mais je crains qu'en mes hardiesses,
Tu ne découvres les foiblesses,
Que mon orgueil sçait m'y cacher.

LA PUISSANCE
DES VERS,
O D E.

MUSE, ſi quelquefois tu ſçus à mes penſées
Unir d'agréables accords,
Viens encor ſous le joug des rimes cadencées
    Aſſervir mes nouveaux tranſports.

Ne ſouffres point de vers que puiſſe un jour dé-
    truire
L'oubli, l'injurieux mépris;
Qu'ils ſoient tels qu'à jamais on s'empreſſe à
    s'inſtruire
    Du langage où je les écris,

Ainſi , Grecs & Romains, à votre décadence
Votre langage a ſurvécu :
Le temps a ſans effort détruit votre puiſſance ;
Mais vos ouvrages l'ont vaincu.

Ces images enſemble obſcures & brillantes ,
Où Pindare aime à s'égarer ,
Sont encor aujourd'hui des énigmes charmantes
Qu'on s'intéreſſe à pénétrer.

De la vive Sapho , de l'intrépide Alcée ,
(a) Du Poëte aux graves accens ;
Et des chants douloureux du citoyen de Cée (b)
Les ſeuls reſtes ont notre encens.

Semblables à ces Dieux que la ſuite des âges
A mutilés ſur leurs Autels ;
Ce que la faux du temps laiſſe de leurs images
En devient plus cher aux Mortels.

(v) Stéſicore.   (b) Simonide.

Qu'Horace connut bien l'élégance Romaine !
　　Il met le vrai dans tout son jour ;
Et l'admiration est toujours incertaine
　　Entre la pensée & le tour.

Sublime, familier, solide, enjoué, tendre,
　　Aisé, profond, naïf & fin :
Digne de l'Univers : l'Univers pour l'entendre
　　Aime à redevenir Latin.

Eternisons ainsi par des travaux sublimes
　　L'honneur du langage françois.
Le sens de nos discours, l'agrément de nos rimes,
　　Le sert autant que nos exploits.

LES
FANATIQUES.
ODE
A MONSEIGNEUR
L'EVÊQUE DE NISMES.

AU fortir de ta main puiffante,
Grand Dieu, que l'homme étoit heureux!
La vérité toujours préfente
Se livroit à fes premiers vœux.
Mais une Epoufe parricide,
Organe du ferpent perfide,
Contre toi fouleva fon cœur;
Et ce cœur, depuis fon offenfe,
Fut Efclave de l'ignorance,
Et tributaire de l'Erreur.

Bien-tôt une foule d'idoles.
Uſurpa l'encens des Mortels ;
Dieux ſans force, ornemens frivoles
De leurs ridicules Autels.
Amoureux de ſon eſclavage,
Le Monde offrit un ſol hommage
Aux monſtres les plus odieux :
L'inſecte eut des demeures ſaintes,
Et par ſes deſirs & ſes craintes,
L'homme aveugle compta ſes Dieux.

Si tu veux de cette licence
Sauver tes élûs égarés,
Le faux zèle prend la défenſe
Des crimes qu'il a conſacrés.
Par lui les Tyrans ſe ſoulevent,
De nombreux échaffaux s'élevent,
D'un tel culte dignes ſoutiens.
C'eſt ce zèle dont les caprices
Inventérent ces longs ſupplices,
Que briguoient jadis les Chrétiens.

Vous, inhumains, dont nos campagnes
Sentent la rebelle fureur ;
Avez-vous fait de vos montagnes,
L'indigne afyle de l'Erreur ?
Offrez-vous tant de morts tragiques,
Aux Divinités chimériques
Qu'adora long-tems l'Univers ?
Par vos efforts & vos exemples
Voulez-vous rétablir des temples
A des Dieux qu'ont mangé les vers.

Non, mais pour quelle autre chimére
Le fer brille-t-il dans vos mains ?
Et quel Dieu vous ofez-vous faire,
Altéré du fang des humains ?
Des Dieux de métal ou de plâtre
Font moins de honte à l'idolâtre,
Que les crimes déïfiés ;
Et par le meurtre & l'incendie,
Cruels, c'eft à la perfidie,
Qu'aujourd'hui vous facrifiez.

Que vois-je ? quel monftre farouche,
Les cheveux d'horreur hériffés,
L'œil en feu, l'écume à la bouche,
Fixe vos regards empreffés ?
Vous l'écoutez ; & dans fa rage,
Il exige un fanglant hommage
Pour le Dieu qu'il croit l'agiter.
Eft-ce l'ordre du Dieu fuprême ?
Non, l'idée en eft un blafphême ;
Quel crime de l'exécuter !

Ici, par des meres mourantes
En vain vous êtes implorés ;
A leurs yeux, de vos mains fanglantes,
Leurs enfans meurent déchirés.
Dans les bras d'un fils qu'il embraffe,
Ce vieillard fuyoit fa difgrace ;
Un feul coup les perce à la fois.
Là, dans les débris & la flamme,
Les freres, l'époux & la femme
Brûlent écrafés fous leurs toits.

Ah ! du moins , troupe impitoyable ,
Que le temple soit respecté ;
C'est la demeure redoutable
D'un Dieu déja trop irrité.
Mais Ciel ! à vous-mêmes contraires ,
Vous osez troubler des mystéres
Que l'on y célébre pour vous.
J'y vois le ministre fidéle ,
Plein du Dieu que son sein recéle ,
Tranquille , s'offrir à vos coups.

Je le vois sous le glaive impie
Se courber , Martyr glorieux ;
Mais c'est peu que sa mort expie
Sa foi , sacrilége à vos yeux.
Sans le spectacle détestable
D'une douleur vive & durable ,
Votre rage ne s'éteint pas ;
Vous cherchez , affamés de crimes ,
L'art de fixer pour vos victimes ,
Le moment affreux du trépas.

Cessez ; sous ces traits véritables
Honorez la Divinité :
Laissez consacrer dans les Fables ,
La fureur & la cruauté.
De votre parricide audace,
Espérez encore la grace ,
Le remords peut tout effacer.
LOUIS armé malgré lui-même ,
Pleure en secret un sang qu'il aime,
Et qu'il est contraint de verser.

FLECHIER , ferme dans cet orage ,
Tu t'opposas à sa fureur ;
Ton Eloquence , ton Courage
Calma la publique Terreur.
Pasteur zélé pour tes Ouailles ,
Leurs maux déchiroient tes entrailles ;
Ton cœur eut voulu tout souffrir.
Je t'en dois le tableau fidele ;
Et ton nom prévenant mon zèle ,
De lui-même est venu s'offrir.

LE TEMPLE DE MÉMOIRE,

OU

L'ACADÉMIE

DES MÉDAILLES,

A MONSEIGNEUR

LE COMTE

DE PONTCHARTRAIN.

DOCTE Fureur, divine Yvreffe,
En quels lieux m'as-tu tranfporté ?
C'eft ici qu'avec la fageffe,
Préfide l'immortalité.
De l'édifice que je chante,
Une moitié paroît brillante
Des plus fuperbes ornemens ;
Tandis que l'autre encore nue,
Pour s'embellir à notre vue,
N'attend que les événemens.

Le temps qu'en un long efclavage
Minerve retient en ce lieu ;
Ce Vieillard au double vifage,
Du Temple occupe le milieu :
Il voit fur la pierre immortelle,
Mille exploits qu'un cizeau fidéle
A fauvé de fes attentats ;
Et là, fur le marbre & le cuivre,
Les Arts à fes yeux font revivre
Des Dieux dont il vit le trépas.

Nouvel ordre ! chaque colonne,
Ouvrage des mains d'Apollon,
Au lieu d'Acante fe couronne
Des rameaux du facré vallon :
Sur la frife, au tour des portiques,
Par-tout, cent médailles antiques
Frappent les regards empreffés ;
Mais ici, quels faits mémorables
Cachent ces débris vénérables,
Mutilés, & prefque effacés ?

Pénétrons dans ce fanctuaire
Confacré par un noble orgueil ;
Que d'énigmes pour le vulgaire,
Et pour les fçavans quel écueil !
Ambiguité des paroles,
Langue inconnue, obfcurs fymboles,
Indices incertains d'un nom :
Combien l'abus de ces myftéres,
Eternife-t-il de chimeres,
Que dément en vain la Raifon ?

O vous, que l'Univers contemple ;
Qui par les foins de PONTCHARTRAIN,
Exercez dans ce vafte Temple
Le Miniftere fouverain :
Vous, devant qui vont fuir les ombres,
Et qui des fiécles le plus fombres,
Percez la ténébreufe horreur ;
Sages confidens de l'Hiftoire,
Venez défendre la Mémoire
Des entreprifes de l'Erreur.

Sur ces myſtérieux Ouvrages,
C'eſt à vous d'éclairer nos yeux ;
Dites-nous de quelles images,
Les vertus ont orné ces lieux :
Mais c'eſt peu que de l'Edifice,
Par vous chaque objet s'éclairciſſe ;
De nouveaux doivent l'embellir :
Diſpenſateurs des places vuides,
La Gloire à vos Travaux ſolides ;
Commet le ſoin de les remplir.

Mais quel eſt ce Héros, ce Sage !
Je vois le paſſé ſe ternir
Par ſes faits, l'honneur de notre âge,
L'étonnement de l'avenir ;
Ici vangeur de la juſtice,
LOUIS ſemble enchaîner le vice
Qu'à ſes pieds il tient abbatu ;
Et là, pour obſcurcir ſa vie,
Le ſort complice de l'envie,
Lutte en vain contre ſa vertu.

Que par vous la derniére race
Vienne ici compter ſes exploits ;
Et vous-mêmes prenez-y place,
Juges des Héros & des Rois :
Déſignez-vous par l'Hyacinthe,
Fleur qui jadis reçut l'empreinte
Du nom d'un (*a*) vainqueur d'Ilion ;
Et que pour exacte deviſe,
L'Univers à jamais y liſe :
Avec moi s'accroît un grand nom,

Toi , par qui de ce temple auguſte,
Les fondemens ſont plus certains ;
La gloire me montre ton buſte,
Qu'elle couronne de ſes mains ;
PONTCHARTRAIN, viens t'y reconnoître ;
Ton zèle digne de ton Maître,
Aura tous les temps pour témoins :
Il n'eſt point d'exploits que Minerve
Avec plus d'ardeur y conſerve,
Que le ſouvenir de tes ſoins.

(*a*) Ajax.

LES POETES

AMPOULÉS.

O D E

A MONSIEUR.

LE MARQUIS

DE DANGEAU.

DANGEAU, Cenſeur juſte & ſincere,
Ton goût que la ſcience éclaire,
N'applaudit qu'à la vérité.
Tout notre Art n'a rien qui te trompe :
Tu cherches à travers ſa pompe,
Et la juſteſſe & la clarté.

Pour trouver le sens, le génie
D'une fastueuse harmonie,
Tu sçais dépouiller les Auteurs.
Lis, je te soumets ma censure
Contre le faux goût & l'enflure
Des Poëtes & des Lecteurs.

JUSQU'A-QUAND, bruyantes paroles,
Agencement de sons frivoles,
Séduirez-vous tous les esprits ?
Pourquoi prodiguant son estime,
Se hâter de trouver sublime
Ce qu'on n'a pas encor compris ?

Un Poëte s'enfle, se guinde,
Et se croit au sommet du Pinde
Pour de grands mots vuides de sens :
Sans la Métaphore à deux faces,
Sans l'Hyperbole & ses échasses,
Ses Vers ramperoient languissans.

Proscrivant les termes vulgaires ,
Son discours de mots téméraires
N'est qu'un assemblage importun.
De raison , de justesse avare ,
Pour une extravagance rare ,
Il dédaigne le sens commun.

Dans ses phrases sans retenue ,
Les collines heurtent la nue ;
Les Cieux sont pressés par l'ormeau :
Et mentant sans art & sans voiles,
Il ose innonder les étoiles
Des flots du plus humble jet-d'eau.

L'Enfant après de tristes ombres,
Au sortir des entrailles sombres
De la Mere qui l'a porté ,
Quand son premier soleil l'éclaire ;
Au moindre objet qu'il considére ,
Soudain s'écrie épouvanté.

C'eſt des Rimeurs le ſort burleſque ;
A leurs yeux tout eſt Giganteſque ;
Ce qu'ils peignent eſt monſtrueux.
Tandis qu'admirant leur emphaſe,
Et la bouche ouverte d'extaſe,
Nous nous égarons avec eux.

Marchons ſur de plus ſûrs veſtiges ;
Malgré l'éclat de leurs preſtiges,
L'erreur n'eſt jamais de ſaiſon.
Dans le bon ſens ſoyons plus fermes ;
Et n'employons jamais les termes
Qu'avec l'aveu de la raiſon.

Voyez cette Nymphe brillante ;
Plus fraîche qu'une fleur naiſſante,
Elle ſort des bras du ſommeil.
L'art n'a point formé ſa parure ;
C'eſt à la ſincere Nature
Qu'elle doit tout ſon appareil.

Mais non contente de ſes charmes ,
Elle va chercher d'autres armes ,
Dans les impoſtures de l'art ;
Et bien-tôt ſa beauté naïve
Languit ignorée & captive ,
Sous le maſque imprudent du fard.

Ainſi la raiſon ſçait nous plaire ;
Par-tout elle charme , elle éclaire
L'eſprit avide qui la ſuit.
Mais une Poëſie outrée
N'en fait qu'une beauté platrée ;
Et voulant l'orner , la détruit.

LA PEINTURE,
ODE
A MONSIEUR
L'ABBÉ REGNIER.

PEINTURE, dont la main sçavante
     De ton triomphe orne ces (*a*) lieux,
C'est peu qu'un peuple entier te vante ;
Reçois un prix plus glorieux.
Tu le sçais, c'est la Poësie
Qui d'une louange choisie
Seule dispense la douceur ;
Et quelques honneurs qu'on te rende,
Ta plus magnifique guirlande
Doit sortir des mains de ta sœur.

(*a*) La Galerie du Louvre.

Exerces ce pouvoir magique
Qui nous charme en nous abufant ;
Tu fçais du temps le plus antique,
Nous faire un fpectacle préfent.
Ces Dieux que conçurent les fables,
Jadis phantômes vénérables,
Exiftent au moins fous tes traits :
Tu donnes du corps à ces fonges ;
Et l'on diroit que les menfonges
A ton ordre, deviennent vrais.

Comme on voit l'amante volage
Du thim, de la rofe & du lis,
Former fon favoureux ouvrage
Des fucs qu'elle en a recueillis ;
Ainfi de fources différentes,
Tes mains avec choix inconftantes,
Tirent un chef-d'œuvre nouveau :
Rien n'échappe à ton induftrie ;
Hiftoire, Fable, Allégorie,
Tout s'anime fous ton pinceau.

Quel fouffle divin, quelle flamme
Donne la vie à tous tes traits !
Dans les yeux tu dévoiles l'ame ;
Tu peins fes plus profonds fecrets.
Sous les couleurs obéiffantes ,
Tu rends les paffions vivantes ,
L'efpoir, la crainte, le defir ;
Et d'un trait, ta main affurée
Donne aux figures qu'elle crée ,
De la douleur , ou du plaifir.

Ici d'une affreufe avanture
Tu m'expofes toute l'horreur ;
A cette naïve impofture,
Je me fens frappé de terreur.
Là des jeux tu traces l'image ,
Et mon cœur abufé partage
Les plaifirs que tu me fais voir :
Là , j'envie un amour paifible ;
Et par-tout, la toile infenfible
Semble émue , & fçait émouvoir.

Mais d'où vient qu'ici me surprennent
Ces (a) prés, ces bois & ces vallons
Mes regards au loin s'y promenent
A travers des vaftes fillons :
Je vois les fontaines riantes,
Coulant des roches blanchiffantes,
abreuver les champs altérés.
Par quel art un fi court efpace
Que ma main touche & qu'elle embraffe,
Laffe-t-il mes yeux égarés ?

Pourfuis, qu'un nouveau feu te guide :
Malgré le cizeau d'Atropos,
Conferve à l'avenir avide
Et les Sçavans & les Héros.
Répares l'ennuyeufe abfence;
Qu'un ami (b) par ton affiftance,
En reffente moins les rigueurs ;
Et que par ton fecours les Belles,
Jufqu'aux climats ignorés d'elles,
Aillent affujettir les cœurs.

(a) Le Païfage.　　　　　(b) Le Portrait

Mais toi dont ce Palais étale
Un travail non moins refpecté,
Sculpture, immortelle Rivale
De l'Art que mes vers ont chanté ;
Ne te plains pas fi mes ouvrages
Lui vont obtenir des hommages,
Au-delà des portes du jour :
Célébrée auffi par ma veine,
Tu vas de la terre incertaine
Partager l'eftime & l'amour.

Avant les fiécles la matiére
Impuiffante & fans mouvement,
N'étoit qu'une maffe groffiere
Où fe perdoit chaque élément.
Mais malgré ce défordre extrême,
Tout s'arrange, & l'Etre fuprême
D'un mot débrouille ce Cahos :
Dans l'inftant même qu'il l'ordonne,
Au-deffous du feu, l'air couronne
La terre qu'embraffent les flots.

Ainſi des carrieres s'éleve
Le marbre, ſans forme à nos yeux,
Dur cahos, où ton art acheve
Ses miracles ingénieux.
Image du Maître du Monde,
Tu rends cette maſſe féconde,
Tu l'aſſervis à ton deſſein;
Et lorſque ton cizeau commande,
Tous les objets qu'il lui demande,
Naiſſent auſſi-tôt de ſon ſein.

Docte Abbé, *pour qui Phœbus même*
Réſerve ſes plus doux regards;
Tu te plais à tout ce qu'il aime,
Ton goût embraſſe tous les arts:
Tu trouvas que d'une main ſûre
Je peignois ici la Peinture,
Et tu daignas m'en applaudir.
Si je t'offre aujourd'hui l'ouvrage,
Souviens-toi que c'eſt ton ſuffrage
Qui m'y vint lui-même enhardir.

LA DÉCLAMATION,

ODE

A MADEMOISELLE

DU CLOS.

G Rece, ne vantez plus les frivoles miracles
D'un théatre encor grossier ;
Eschile (*a*) vainement par ses hideux spectacles
Réussit à vous effrayer.

Par les objets outrés d'une scène fantasque .
Il vous inspiroit la terreur :
Mais d'un fantôme peint , d'un ridicule masque,
Que peut l'immobile fureur ?

(*a*) Poëte Tragique.

F vj

Un âge plus fenfé , de ces muettes feintes
    Dédaigna les illufions :
Ce n'eft plus aujourd'hui par des paffions peintes
    Que s'émeuvent nos paffions.

On imite l'amour, l'ambition, la rage ,
    Et l'efpoir qui vient la calmer ;
Mais fans l'aide du mafque , on confie au vifage
    Le foin de les bien exprimer.

Qui mieux que toi, Duclos, actrice inimitable
    De cet art connut les beautés ?
Qui fut donner jamais un air plus véritable
    A des mouvemens imités ?

Ah ! que j'aime à te voir en amante abufée,
    Le vifage noyé de pleurs ,
Hors l'inflexible cœur du parjure Thefée ,
    Toucher , emporter tous les cœurs.

Ou lorfque regrettant la mort de Curiace,
En proie à ton reffentiment,
Tu forces par tes cris la main même d'Horace
A te rejoindre à ton amant.

Mais quel nouveau fpectacle ! ah ! c'eft Phedre
Elle-même,
Livrée aux plus ardens tranfports.
Théfée eft fon époux, & c'eft fon fils qu'elle aime;
Dieux!quel amour! mais quels remords!

De tous nos mouvemens es-tu donc la maîtreffe?
Tiens-tu notre cœur dans tes mains ?
Tu feins le défefpoir, la haine, la tendreffe ;
Et je fens tout ce que tu feins.

Du feul fon de ta voix les graces pénétrantes
Ont prefque affez de leur pouvoir :
A peine eft-il befoin de paroles touchantes,
Qui l'aident à nous émouvoir.

A tes geftes choifis une vue attentive
De tes deffeins fuivroit le cours,
Et dans ton action auffi jufte que vive,
On entend déja tes difcours.

Auteurs, pour nous charmer, pour ravir nos
fuffrages,
C'eft peu de votre art féducteur ;
Si vous charmez l'efprit par vos fçavans ouvrages,
L'action parle mieux au cœur

Après tous vos efforts, croyez qu'à l'impofture
L'Acteur a la meilleure part ;
Un regard d'un foupir pouffé par la nature,
Peut fouvent plus que tout votre art.

Ce fecours embellit les plus hautes merveilles,
Les fentimens, le choix des mots :
Le théatre languit, s'il ne prête aux Corneilles
Des Champmélés & des Duclos.

LA POESIE

FRANÇOISE,

ODE

A MESSIEURS

DE

L'ACADÉMIE

DES JEUX FLORAUX.

JUGES éclairés du Parnasse,
Neuf fois ma poëtique audace
Cueillit vos immortelles fleurs ;
Si le Dieu des vers ne m'abuse,
Au gré de mes desirs, ma Muse
Va vous rendre honneurs pour honneurs.

Puis-je douter qu'il ne m'inſpire ?
Non , c'eſt vous qui dans cet Empire ,
Raſſemblâtes ſes nourriſſons : (a)
Et par vous s'anima ce zèle ,
Qui ſur une lyre nouvelle
Leur fit chercher de nouveaux ſons.

C'eſt peu de la cadence auſtere
Dont jadis , afin de mieux plaire ,
La raiſon voulut s'enchaîner :
La rime encor plus inflexible ,
De ſon joug aimable & pénible
Vint l'aſſujettir & l'orner.

Malgré leur méſintelligence ,
Vous en formâtes l'alliance ;
Par-tout vous les fites régner :
(b) l'Eſpagne, humble enſemble & jalouſe,
Vint chercher juſques dans Toulouſe,
Vos diſciples pour l'enſeigner.

a) L'an 1323.   I (a) Jean Roi d'Arragon.

Vos mains ouvertes au mérite ;
D'une couronne gratuite
Ornérent Baïf & Ronſard :
Et c'eſt peut-étre à ces hommages,
Que la France doit les ouvrages
Où depuis s'éleva notre art.

Vous regardez la Poëſie
Comme la céleſte ambroiſie
Dont ſe nourriſſent les eſprits :
Je connois quelle en eſt la grace ;
Et je puis même, après Horace,
En faire ſentir tout le prix.

Le tems, de tout ſouverain maître,
Fait périr tout ce qu'il voit naître :
Il n'épargne que les beaux vers.
Vainqueur des vents & des orages,
Phœbus ne craint pour ſes ouvrages
Que la chûte de l'Univers.

Le Chantre d'Achille & d'Uliſſe,
Le Thébain, (*a*) qu'au bout de la lice
On vit célébrer les vainqueurs,
Le ſage auteur de l'Enéïde,
L'aiſé, l'ingénieux Ovide,
Sont encor les Maîtres des cœurs.

Les ſiécles n'ont point fait d'outrage
A cet élégant badinage,
Né du loiſir d'Anacréon :
Encor même aujourd'hui reſpire
L'amour que jadis à ſa lyre
Commit l'amante (*b*) de Phaon.

Vous que la victoire couronne,
Ne croyez pas qu'ainſi Bellone
Vous ſauve de l'oubli jaloux :
Sans le ſecours des doctes Fées,
La mémoire de vos trophées
Eſt enſevelie avec vous.

(*a*) Pindare,   I (*b*) Saphon.

Combien de Rois, de grands courages,
Dignes d'atteindre aux derniers âges,
Précédérent Agamemnon !
Mais euffent-ils fait plus qu'Achille ;
Vains exploits, valeur inutile,
Homere manquoit à leur nom.

Pour les Héros, pour les Monarques,
La Mufe fçait fléchir les Parques,
Et fauve les noms du Léthé :
Quelquefois même à fa puiffance
Les hauts faits doivent leur naiffance,
Comme leur immortalité.

L'efpoir d'obtenir fon hommage
A foutenu plus d'un courage,
Que la molleffe eût abbatu :
Et cette foif de la louange,
Peut-être du vainqueur du Gange
Fut feule toute la vertu.

Vous à qui la docte harmonie
La rime à la raison unie,
Doivent leurs utiles douceurs :
Jusqu'où s'étendra votre gloire !
Vos bienfaits à votre mémoire
Ont intéressé les neuf Sœurs.

Ne Pensez pas qu'en cet ouvrage,
Mon esprit fier de son hommage,
Ait cru vous immortaliser :
Sans moi vous vaincrez le silence.
Ce n'est que ma reconnoissance
Que j'y voulois éterniser.

LA SAGESSE DU ROI

Supérieure à tous les événemens.

ODE.

VERITÉ qui jamais ne changes,
Et dont les traits toujours chéris,
Seuls aux plus pompeuses louanges
Donnent leur véritable prix ;
C'est toi qu'aujourd'hui j'interroge ;
Louis ne souffre point d'éloge
Que tu ne puisses garantir.
Dictes-moi des vers qu'il approuve,
Où son cœur modeste ne trouve
Rien dont il m'ose démentir.

On a vu dès son premier âge,
Ses Etats chaque jour accrus,
Et ses voisins par son courage
Humiliés ou secourus;
A sa voix l'Erreur fugitive,
Le progrès des arts qu'il cultive,
Ses vaisseaux souverains des flots;
Mais malgré ces hautes images,
Tout cet éclat n'est pour les Sages
Que l'apparence du Héros.

D'où vient que de cette apparence
Nos foibles yeux trop éblouis,
Avec la gloire de la France
Confondoient celle de L o u i s?
Juges aveugles que nous sommes,
Sur le mérite des grands hommes
Le Sort régle nos jugemens;
Sous son empire illégitime,
Nous abandonnons notre estime
Au hazard des événemens.

Les champs de Pharfale & d'Ardelle
Ont vu triompher deux Vainqueurs ;
L'un & l'autre digne modéle
Que fe propofe les grands cœurs.
Mais le fuccès a fait leur gloire,
Et fi le fceau de la Victoire
N'eût confacré ces demi-Dieux,
Alexandre aux yeux du vulgaire,
N'auroit été qu'un téméraire,
Et Céfar qu'un féditieux.

LOUIS, ce douteux avantage
Sur mon efprit n'a point de droits ;
Et pour t'admirer j'envifage
Tes vertus plus que tes exploits.
Quelque pompe qui t'environne,
Du vif éclat de ta couronne
Ma raifon tempere l'excès ;
Je ne te cherche qu'en toi-même :
C'eft-là qu'eft ta gloire fuprême,
Indépendante de fuccès.

Tu fus vaincre & braver l'envie
Mais de tes ennemis vaincus
Quand l'audace fut affervie,
Tu fus, GRAND ROI, ne vaincre plus :
Laiffant des palmes toutes prêtes,
Tu réfiftas à tes conquêtes,
Triomphe ignoré des Guerriers ;
Vainqueur, toi-même tu te domptes,
Et de ce feul inftant tu comptes
Avoir mérité tes lauriers.

'Ainfi refpectant les limites
Que te prefcrivoit l'Equité,
Cent fois à ces bornes prefcrites
Ton courage s'eft arrêté :
Mais le Dieu que ton cœur adore,
En toi vouloit donner encore
Un autre exemple à l'univers,
Et pour t'ouvrir une carriere
Où s'exerçât ton ame entiere,
Le Ciel te devoit des revers.

Il semble que la Providence,
Toujours jalouse de ses droits,
Ait voulu tromper ta prudence
Qu'elle seconda tant de fois.
Tout paroissoit à nos armées,
Par cent triomphes animées,
Assurer des honneurs nouveaux :
Prodige ! fatale méprise !
Je vois la Victoire surprise
S'égarer (a) sous d'autres drapeaux.

Drapeaux trop étrangers pour elle !
Déja sa faveur se dément ;
LOUIS, ta vertu la rappelle
De ce honteux égarement.
Les Cohortes Hesperiennes
Qu'enflammoit l'exemple des tiennes,
L'ont vue expier son erreur ; (b)
A tes loix désormais rendue,
Dans le parti qui l'a perdue
Elle a renvoyé la terreur.

(a) Hoogstet, Ramillie, Tu-rin. | (b) A la bataille d'Almanza.

Toi, qui des vertus immortelles
Fais voir en L o u i s tous les traits ;
G r a n d D i e u, que tes faveurs nouvelles
Couronnent tes propres bienfaits.
Par toi, fon cœur inébranlable
Du fort contraire ou favorable
Sçut éviter le double écueil ;
Soutie s toujours cette fageſſe
Qui voit les revers ſans foibleſſe ,
Et la victoire ſans orgueil.

REMERCIMENT

A

L'ACADÉMIE

FRANÇOISE.

O D E.

DU prix des doctes chants feuls arbitres
        fuprêmes ,
    Qui de l'art hâtez le progrès ,
En daignant couronner de vos éleves mêmes
    Ceux qui vous fuivent de plus près.

Vos fouffrages unis ont redoublé mon zèle ;
    Sans l'efpoir d'un prix fuperflu ,
Je tire pour vous plaire une force nouvelle
    Du bonheur de vous avoir plu.

Chargés du nom fameux du plus grand des Mo-
narques,
Seuls dignes de le publier,
Au soin de l'affranchir de l'Empire des Parques,
Vous daignez nous associer.

※

Tel un fleuve qu'on voit d'une rapide course
A l'Océan porter ses eaux,
Mêle encor au tribut que lui fournit sa source
Le tribut de mille ruisseaux.

※

Ah ! que n'ai-je plutôt signalé mon audace
Au noble emploi qu'on nous commet;
Par ce secours, GRAND ROI, m'élevant au
Parnasse,
J'en aurois atteint le sommet.

※

Peut-être mon génie, à ta gloire fidelle,
Eût vaincu mes plus fiers rivaux;
Apollon m'eût dicté de sa bouche immortelle
Des Vers dignes de tes travaux.

※

J'aurois peint le Duel que la vengeance implore,
Monſtre par l'orgueil élevé,
Expirant ſous tes coups , & regrettant encore
Le ſang dont tes loix l'ont privé.

L'humble Religion par tes ſacrés exemples
Y verroit ſes honneurs accrus ;
Et l'Erreur téméraire y pleureroit ſes Temples,
Sous la pouſſiére diſparus.

Du Guerrier (a) malheureux on y verroit l'aſyle
Conſtruit par ton prodigue ſoin ;
Et ſous des yeux (b) prudens l'innocence tranquille,
Ravie aux conſeils du Beſoin,

Les (c) Nations de l'Inde, où malgré la diſtance,
Ton nom vainqueur s'eſt répandu ;
Et leur hommage, exempt de crainte & d'eſpé-
rance,
A la Vertu ſeule rendu.

(a) Les Invalides.   (b) S. Cyr.
(c) Ambaſſadeurs de Siam.

Tes Fils par tes leçons formés à la Victoire,
Dignes Eleves de leur Roi,
Dont les Exploits un jour justifieroit l'Histoire
De ce qu'elle aura dit de toi.

Toi-même infatigable au milieu des allarmes,
Achevant de vastes projets,
Moins redoutable encor par l'effort de tes armes,
Que par l'amour de tes sujets.

J'aurois au nom de Grand, dont l'Univers te
nomme,
Joint un nom plus intéressant ;
Europe, quel bonheur que le plus honnéte homme
Se soit trouvé le plus puissant !

Il semble qu'en ses mains les Villes, les Pro-
vinces
Soient les ôtages de la Paix,
En désarmant son bras, il les rend à leurs Princes,
Et ses traités sont des bienfaits.

Son cœur, loin d'applaudir lui-même à sa victoire,
          Veut en diminuer le bruit ,
Et bravant les périls qui précédent la gloire ,
          Dédaigne l'éclat qui la suit.

Au milieu de la France , Athénes fortunée
          Renaît par ton soin libéral ;
Désormais à côté de Bellone étonnée ,
          Les Arts marchent d'un pas égal.

Jusques dans ton Palais les Muses ont leur place,
          Et , seul objet de leurs chansons ,
Tu ne les sers pas moins sur ce nouveau Parnasse
          Par tes exploits , que par tes dons.

Vous qui de vos talens n'employez la puissance
          Qu'à reconnoître ses faveurs :
Et qui brûlez de voir votre reconnoissance
          Enflammer pour lui tous les cœurs ,

Dans l'éloge ébauché que je viens d'entreprendre

Recevez mon Remerciment :

Heureux ! ſi de vous-même un jour je puis apprendre

A l'achever plus dignement.

L'OMBRE
D'HOMERE.
O D E.

HOMERE, l'honneur du Permeſſe,
Toi, qui par de ſublimes airs
Aſſuras aux Dieux de la Grece
L'immortalité de tes Vers ;
Parois, ſors du Royaume ſombre,
Et dérobe un moment ton Ombre
A la foule avide des morts ;
Céde à l'innocente magie
De la poëtique énergie,
Et des graces de mes accords.

Oui ma Muſe aujourd'hui t'évoque ;
Non pas que nouvel (*a*) Appion ,
Je brûle de ſçavoir l'époque
Du débris fameux d'Ilion.
Non , pour ſçavoir ſi ton génie
Fut Citoyen de Mæonie ,
Ou de l'Iſle heureuſe d'Yo ;
Tu peux d'un éternel ſilence
Voiler ton obſcure naiſſance ,
Echappée aux yeux de Clio.

Un deſir plus noble m'anime ,
Et ſans en craindre le danger ,
Je veux forcer ton chant ſublime
D'animer un lut étranger.
Je veux ſous un nouveau langage
Rajeunir ton antique ouvrage ,
Viens toi-même , viens m'exciter ;
Secondes , régles mon yvreſſe ,
Et ſi ta gloire t'intéreſſe ;
Dis-moi comme il faut t'imiter.

(*a*) Appion évoqua l'Ombre   de ſa naiſſance.
d'Homere pour ſçavoir le lieu

Effet surprenant de ma Lyre !
Divin Homere, je te vois ;
Tu fors brillant du fombre Empire ;
J'écoute, impofes-moi tes loix.
Loin cette aveugle obéiffance,
Dit-il, pour m'imiter, commence
A bannir ces refpects outrés ;
Sur mes pas qu'un beau feu te guide ;
Je réprouve l'efprit timide,
Dont mes Vers font idolâtrés.

Homme, j'eus l'humaine foibleffe ;
Un Encens fuperftitieux,
Au lieu de m'honorer, me bleffe ;
Choifis, tout n'eft pas précieux.
Prends mes hardieffes fenfées,
Et du fond vif de mes penfées,
Songes toujours à t'appuyer ;
Du refte je te rends le maître ;
A quelque prix que ce puiffe être ;
Sauves-moi l'affront d'ennuyer.

Mon siécle eut des Dieux trop bizarres;
Des Héros d'orgueil infectés;
Des Rois Indignement avares,
Défauts autrefois respectés.
Adoucis tout avec prudence;
Que de l'exacte bienséance
Ton ouvrage soit revêtu;
Respectes le goût de ton âge,
Qui, sans la suivre davantage,
Connoît pourtant mieux la vertu.

Ne bornes pas la ressemblance
A des traits stériles & secs;
Rends ce nombre, cette cadence
Dont jadis je charmai les Grecs.
Sois fidéle au style héroïque,
Au grand sens, au tour pathétique,
Enfans d'un travail assidu.
Qu'en ce choix la raison t'éclaire,
Je plaisois, si tu ne sçais plaire,
Crois que tu ne m'as pas rendu.

Ose imaginer que la Parque,
Démentant ses sévéres loix,
Permet à la fatale barque
De me remettre aux bords François:
Dans leur sobre & modeste langue,
Crois que de plus d'une harangue
J'abrégerois mes longs combats;
Mes Héros dignes de leur gloire,
Impatiens de la victoire,
Vaincroient, & ne se loueroient pas.

Du faux merveilleux de la Fable
Mes Vers se feroient garantis,
Et j'y tiendrois au vrai-semblable
Les Dieux mêmes assujettis.
De Vulcain la main trop sçavante,
Par une gravure mouvante,
N'orneroit pas un bouclier;
D'Achille, par une autre image,
Il animeroit le courage,
Et sçauroit le justifier.

Tu m'entends ; Pluton me rappelle ;
L'Ombre difparoît à ces mots.
Enflammés d'une ardeur nouvelle,
Peignons les Dieux & les Héros.
Je vois au fein de la Nature,
L'idée invariable & fûre,
De l'utile beau, du parfait.
Homere m'a laiffé fa Mufe,
Et fi mon orgueil ne m'abufe,
Je vais faire ce qu'il eût fait.

LE DEUIL

DE

LA FRANCE,

ODE.

PRINCE, (a) que de ses mains sacrées
A formé la Religion,
Loin de toi les douleurs outrées,
Fruits amers de la Passion.
Tes yeux pleuroient encor un Pere,
Et des jours d'une Epouse chere
Tu viens de voir trancher le fil :
Mais de la Foi sublime Eleve,
Dans l'instant qui te les enleve,
Tu vois la fin de leur exil.

(a) Le commencement de cette Ode a été fait après la mort de Madame la Dauphi-ne, & adressé à Monseigneur le Dauphin, avant que la France l'eût perdu.

L'un & l'autre a fourni fa courfe
Prefcrite par l'ordre éternel ;
Tous deux rappellés à leur fource ,
Dieu leur ouvre un fein paternel.
Jamais notre mort n'eft trop prompte ,
Quand les jours que le Ciel nous compte ,
A fes yeux font affez remplis ;
Il mefure nos deftinées ,
Non par le nombre des années ,
Mais par les devoirs accomplis.

Ainfi l'Auteur de ta naiffance ,
L'amour de l'Empire François ,
Fut donné par la Providence
Pour modéle aux enfans des Rois.
Refpectueux , fidéle & tendre ,
Tous fes jours ont dû leur apprendre
Ce qu'eft un Pere couronné :
D'un zèle auffi rare que jufte
Il eft long-temps l'exemple augufte ,
Et meurt , quand l'exemple eft donné.

Ainsi cette Epouse cherie
Que tu pris des mains de la Paix,
A de sa nouvelle patrie
Comblé les plus ardens souhaits :
C'étoit sa tendresse féconde
Qui devoit enrichir le monde
De Princes nés pour t'imiter.
Quel est l'éloge digne d'elle ?
Tes pleurs : sa vie est assez belle ;
Puisqu'elle a sçu les mériter.

Mais, cher Prince, si tu nous aimes,
Commande à ton cœur, à tes yeux ;
Songes que par nos pertes mêmes
Tu nous deviens plus précieux ;
Que pour nous ton amour redouble ;
A la nature qui se trouble,
Que cet amour fasse la loi ;
Un plus grand objet t'intéresse,
Crains, en allarmant sa tendresse,
D'exposer ton Pere & ton Roi.

O Ciel ! quelles plaintes foudaines !
Quel cris ! tous les yeux font en pleurs !
Le fang s'eft glacé dans mes veines ;
Je crains d'apprendre nos malheurs.
L'efpérance eft-elle ravie ?
Te perdons-nous ; & pour ta vie
Fais-je ici des vœux fuperflus ?
Aux larmes que je vois répandre,
Prince, je le dois trop entendre,
Je te confole, & tu n'es plus !

C'en eft fait ; une mort fatale
A l'Epoufe a rejoint l'Epoux ;
Je vois la couche nuptiale
Se changer en tombeau pour vous.
Au féjour des divines flammes
Tandis que s'envolent vos ames,
Vos cendres vont fe réunir.
O Ciel ! eft-ce grace, ou vengeance ?
Eft-ce hâter leur récompenfe ?
Ou te hâter de nous punir ?

Je le vois trop ; ta main févére
Punit notre indocilité ;
Tu nous reprends dans ta colére
Les dons que nous fit ta bonté :
Tu punis un Peuple volage,
Vain des fuccès de fon courage,
Ou par les revers abbatu ;
Un Peuple, l'efclave du vice,
Qui pour tout refte de juftice,
Sçait louer encor la vertu.

Nous élevons prefque des temples
Au Prince que tu nous ravis,
Contens de louer fes exemples,
Mieux loués, s'ils étoient fuivis :
L'humanité compatiffante,
La juftice perfévérante,
Le zèle ardent de tes autels ;
Et cette active vigilance
D'un Prince, qui croit la Puiffance
Comptable aux befoins des mortels.

Digne chef-d'œuvres de la Grace !
Combien de vertus en lui feul !
C'eſt en lui que pour notre race
Devoit revivre ſon ayeul.
Jaloux d'un Héroïſme utile ;
Il eût pleuré le jour ſtérile
Que ſes dons n'auroient pu marquer.
Prince, ainſi la France te loue,
Ainſi l'Univers l'en avoue ;
Je fais plus, j'oſe t'invoquer.

Oui, ſans qu'un miracle m'atteſte
Ta nouvelle félicité,
Je te crois de la Cour céleſte,
Sur la foi de ta Piété.
Que là, notre intérêt t'inſpire ;
Fais que LOUIS de cet Empire
Soit encore long-temps l'appui,
Obtiens qu'au gré de notre envie,
Dieu même commande à la Vie
D'étendre ſes bornes pour lui.

Soutiens nos priéres des tiennes ;
De la Paix hâtes le lien :
Aſſez long-temps les mains chrétiennes
Ont répandu le ſang chrétien.
Que la Paternelle tendreſſe
Pour tes fils encor t'intéreſſe ;
C'eſt l'eſpoir d'un Peuple allarmé :
Que tes vertus en eux renaiſſent ;
Et que pour t'imiter, ils croiſſent
Sous les yeux qui t'avoient formé.

Pour qui ſe rouvre encor la tombe ?
Chaque inſtant aigrit notre ſort ;
Avec les Epoux le fils tombe !
Arrête, inſatiable Mort.
Et toi, qui rends les faits célébres,
Voles, répands ces ſons funébres
Dont ma Lyre a frappé les airs :
Que juſques aux derniéres races
Ce monument de nos diſgraces
Attendriſſe tout l'Univers.

A MONSEIGNEUR,
LE DUC
D'AUMONT.
O D E.

Exaucez ma reconnoiſſance,
Muſes, pour l'Illuſtre D'Aumont
Dans mon ſein verſez l'abondance
Des richeſſes du ſacré Mont.
Mon zèle ne peut plus attendre ;
Venez ; c'eſt trop long-temps ſuſpendre
Les hommages que je lui dois :
Mon ami qu'accuſoit le Crime
Sentit ſon ſecours magnanime ;
Et j'ai pris le bienfait ſur moi.

Souveraines de l'harmonie,
J'implore moins votre faveur,
Pour faire briller mon génie,
Que pour faire parler mon cœur.
Quand ma gloire vous follicite,
Taifez-vous : quand mon cœur s'acquitte,
Prodiguez-moi vos plus beaux traits:
Meurent tous les fruits de ma Lyre;
N'en fauvez que ce que m'infpire
Le reffentiment des bienfaits.

Il eft un féjour où préfide
L'infatiable Vanité ;
D'où la Politeffe perfide
A banni la Sincérité;
Où, par la crainte mercénaire,
La Juftice eft comme étrangére,
Immolée aux moindres égards;
Où le grand art de fe féduire,
L'art de fe flatter pour fe nuire,
Tient lieu lui feul de tous les arts.

Eloge plus vrai que croyable !
C'eſt dans ce ſéjour dangereux
Que d'Aumont eſt ſimple, équitable,
Sincere, tendre & généreux :
C'eſt-là qu'au devoir attentive,
Sa bouche prudemment naïve
Ne ſçait ni nuire, ni flatter.
Du moins à ſa candeur diſcrette
Applaudit l'eſtime ſecrette
De qui n'oſe pas l'imiter.

Ambitieux, d'Ame héroïque
Dépouillez le nom faſtueux ;
De mon autorité Stoïque
Je le décerne au Vertueux :
A l'homme, qui libre & ſans crainte
Au ſéjour même de la feinte,
Oſe ſe montrer ce qu'il eſt ;
Qui n'a, modéle preſque unique,
Que le devoir pour politique,
Et que l'honneur pour intérêt.

Je rapelle

Je rappelle ce jour funeſte
Où d'étonnement abbatu,
Nouveau Pilade, pour Oreſte,
D'AUMONT, j'implorai ta vertu !
Contre l'innocence attaquée,
La haine en juſtice maſquée
Avoit répandu ſon poiſon ;
Et je tremblois que ſur Toi-même
Son hipocrite ſtratagême
N'eût pris les droits de la raiſon.

Mais quelle ardeur, quelle éloquence
Me prêtoit alors l'Amitié !
Soudain je gagne à l'Innocence
Ton zèle enſemble & ta Pitié.
Je te vois conjurer l'orage ;
Tu parles ; déja ton ſuffrage
Nous rend une foule d'amis ;
Déja ton infaillible zèle
A la prévention rebelle
Prédit l'oracle de Thémis.

Elle a prononcé : le Menfonge ,
Artifan de fon propre affront ,
Dans le Tartare fe replonge ,
La rage au fein , la honte au front.
Mais que ne peut du noir (a) ouvrage
Dont il avoit armé fa rage
S'anéantir le fouvenir !
Ainfi que le nom d'Eroftrate ,
Ce Libelle profcrit fe flatte
De percer encor l'avenir.

Vers impofteurs , qu'à la Vengeance
Dicta l'Imprudence fa fœur ,
Que forgérent d'intelligence
L'Effronterie & la Noirceur ;
Qui pour fel & pour harmonie
Ne prêtez à la Calomnie
Qu'un choix brutal de mots pervers ,
J'apprends que la preffe Batave ,
Au mépris des mœurs qu'elle brave ,
Va vous montrer à l'Univers.

(a) Vers diffamatoires imputés à Monfieur Saurin.

L'Auteur qui de l'eau du Cocyte
Vous écrivit dans sa fureur,
Rit sans doute & se felicite
D'en voir multiplier l'horreur.
Il croit qu'ainsi dans tous les âges
Vont se répandre les outrages
Dont il a voulu nous flétrir ;
Que de ses mensonges cyniques
Vont naître ces soupçons iniques
Que la malice aime à nourrir.

Oui , ce perfide espoir le flatte ;
Mais il le flatte vainement ;
En vous trop d'impudence éclate,
Votre propre excès vous dément.
Dès qu'à l'Innocence , la Rime
Veut que vous imputiez un crime,
Le crime est d'abord imputé ;
Et votre imprudente imposture
Ne donne pas même à l'injure
Un faux air de la Vérité.

D'autres ſiécles pourront nous croire...?
Non, non, pour les en garantir
Mes vers plus ſûrs de la mémoire,
Iront par tout vous démentir.
Mais qui vous lira? quel courage
Pourra d'une ſi noire image
Suivre le tiſſu rebutant?
Ce n'eſt que gibet, roue & flamme,
Objets qu'à votre pere infame
Peint ſon remords impénitent.

Votre pere... non, je m'abuſe,
Et vous n'êtes qu'un Avorton
Né de la Lyre d'une Muſe
Surpriſe un jour par Alecton.
La Muſe s'étoit endormie;
Alecton des enfers vomie
Profite du moment fatal;
Elle oſe manier la Lyre;
C'eſt vous, ſons menteurs, qu'elle en tire,
Digne eſſai du monſtre infernal.

Soudain le Serpent, la Couleuvre,
De ſa tête affreux ornemens,
Applaudiſſent à ce chef-d'œuvre
Par leurs horribles ſifflemens.
Mais l'Echo n'oſa rien redire ;
Le Faune fuit, & le Satyre
Saiſi d'horreur l'interrompit.
A ce bruit la Muſe éveillée
Ne reprit ſa Lyre ſouillée
Que pour la briſer de dépit.

Tu le vois, d'Aumont, je m'égare ;
Et c'eſt de l'aveu des neuf Sœurs
Que j'imite Horace & Pindare
Mes Lyriques prédéceſſeurs.
Si ſur la foi de leur uſage
L'écart même fermoit l'ouvrage,
Il n'en ſeroit que plus goûté,
Mais pardonnes, Muſe Thébaine,
Mon zèle à d'Aumont me ramene ;
J'aime mieux perdre une beauté.

Que Mnemofine immortalife
Et tes bienfaits & mon encens;
Qu'à jamais l'Univers me life,
Pénétré de ce que je fens.
Si mes vers n'ont pas la puiffance
D'infpirer tout ce que je penfe,
Ils n'ont pas fait affez pour toi;
Et malgré l'orgueil du Parnaffe,
Charmé, j'y cédrai ma place
A qui te louera mieux que moi.

LE
LE SOUVERAIN.
O D E. (*a*)

E GALITÉ tant regretée ,
Peux-tu regner chez les Mortels ?
Chimérique autant que vantée ,
Non , tu n'as jamais eu d'autels :
Ou , fi l'univers t'a bannie ,
C'eft qu'au lieu d'ordre & d'harmonie ,
Tu nous amenois tous les maux :
Digne race de nos ancêtres ,
Bientôt nous nous ferions des maîtres ,
Si nous étions encor égaux.

(*a*) Cette Ode fut recitée | phin , au commencement de
par l'Auteur à M. le Dau- | Janvier 1712.

Chacun ſous ton régne ſauvage
Seroit à ſoi-même ſon Roi ;
Entre nous le moindre partage
Devient impoſſible avec toi.
Je veux le bien qui charme un autre ;
Eh ! quelle paix ſeroit la nôtre,
Si nos deſirs étoient des droits ;
Toujours injuſtes , téméraires,
Toujours l'une à l'autre contraires ,
Nos paſſions veulent des loix.

Ainſi de ſa propre licence
Redoutant le cours effréné,
L'homme établit une Puiſſance ,
Et lui-même s'eſt enchaîné
Contre la révolte ennemie.
Dieu puiſſant, tu l'as affermie
Sur les fondemens les plus ſaints.
Je vois l'autorité ſuprême ,
Oui , l'autorité de Dieu même,
Gravée au front des Souverains.

Mais, sçavez-vous, Maîtres du monde,
A quel prix vous régnez sur nous ?
Ce Dieu veut qu'un seul lui réponde
De la félicité de tous.
Il veut que vos sujets tranquilles,
Pour vous, enfans toujours dociles,
Vous trouvent des peres pour eux :
En vain portez-vous le tonnerre,
Vous n'êtes les Dieux de la terre,
Qu'autant que nous sommes heureux.

Que sur votre trône placée,
La vertu commande avec vous ;
Pour la voir de tous embrassée,
L'exemple est l'ordre le plus doux.
C'est peu de proscrire le vice ;
Aimez vous-même la Justice,
Vous allez lui gagner les cœurs :
De la place auguste où vous êtes,
Vous commandez ce que vous faites ;
Les loix ne sont rien sans vos mœurs.

H

Naiſſe donc l'équité publique
De vos exemples fructueux ;
Le premier trait de Politique
Eſt de nous rendre vertueux.
Heureuſes cent fois les contrées,
Où ſous le joug des loix ſacrées
Le Vice gémit abbatu !
Ainſi du reſte de la Grece
Sparte jadis fut la maîtreſſe ;
Et ſon Sceptre étoit ſa Vertu.

Mais, helas ! de combien de piéges
Vois-je les Rois environnés !
Cruel flatteur, tu les aſſiéges
De tes conſeils empoiſonnés :
Par des illuſions groſſiéres,
Tu viens obſcurcir leurs lumieres ;
A ton gré tout change de nom :
Et ton ambition ſervile,
De prudence loue un Achille,
De juſtice un Agamemnon.

A l'imposteur qui vous conseille,
Au faux charmes de ses discours,
Ouvrez-vous un moment l'oreille ?
Vous voilà séduits pour toujours.
L'austere Vérité que blesse
Votre impérieuse foiblesse,
De vos yeux s'enfuit en courroux ;
Et pour se venger de l'outrage,
Ne percera point le nuage
Que vous souffrez entr'elle & vous.

Qu'un prompt mépris, qu'un œil sévére
Des Flatteurs étouffe la voix ;
Chassez ce Peuple mercénaire,
L'idolâtre tyran des Rois.
Qu'à jamais la Candeur vengée
Habite votre Cour purgée
De ses coupables ennemis ;
Et croyez que cette victoire
Va mieux assurer votre gloire
Que le monde même soumis.

D'une main fage & bienfaifante
Partageant alors les emplois,
La Vérité toujours préfente,
Va préfider à votre choix.
Pontifes faints & refpectables ;
Juges éclairés, équitables,
Miniftres zèlés, vigilans,
Venez remplir vos deftinées,
Les places ne font plus données
Qu'aux vertus, & qu'aux grands talens.

Mais, content d'une paix fecrette,
Le mérite aime à fe cacher ;
Pénétrez fon humble retraite ;
Rois, c'eft à vous de le chercher.
Qu'en vain l'Ambition foupire ;
Dans les vaftes foins de l'Empire
C'eft à lui feul de vous aider :
La vertu craint les places hautes,
Et c'eft le préfage des fautes
Que l'orgueil de les demander.

Sous mes pas s'étend ma carriére ;
Quel espace m'en reste encor ?
Faut-il retourner en arriére ?
Non, prenons un nouvel essor.
Soutiens-moi, sage Enthousiasme ;
Ecartes l'oisif Pléonasme ;
Rien n'est long que le superflu.
Dictes-moi ce que je dois dire,
Et ne me laisses rien écrire,
Qui ne soit digne d'être lu.

Loin, l'ardente & guerriere flamme,
Qu'allume la soif d'un grand nom,
Aux yeux de l'Erreur grandeur d'ame,
Foiblesse aux yeux de la Raison :
En vain le Vainqueur de l'Euphrate,
Par d'injustes exploits se flatte
De subjuguer tous les esprits ;
Malgré les éloges d'Athenes,
Il est encore des Diogenes
Dont il subira le mépris.

Ce torrent tombe : la montagne
Gémit ſous ſes horribles bonds ;
Il menace au loin la campagne,
Du cours de ſes flots vagabonds :
Il renverſe l'orme & le chêne ;
Tout ce qui l'arrête, il l'entraîne,
Et noye à grand bruit les guérets ;
Avec lui marche le Ravage,
Et par-tout ſon affreux paſſage
Eſt le déſeſpoir de Cerès.

Mais ce Fleuve, grand dès ſa ſource,
S'ouvre un lit entre les roſeaux,
Et s'aggrandiſſant dans ſa courſe,
Roule paiſiblement ſes eaux :
Egal, jamais il ne repoſe ;
Dans les campagnes qu'il arroſe
Il va multiplier les biens ;
Heureux les pays qu'il traverſe !
C'eſt-là que fleurit le commerce,
Et ſes flots en ſont les liens.

Tel, d'un conquerant tyrannique
S'affouvit l'orgueil indomté ;
Telle, d'un Prince pacifique,
S'exerce l'active bonté.
L'un né pour défoler la terre,
De tous les maux que fait la Guerre,
Achete un inutile bruit ;
L'autre, fans combats, fans victoire,
Goûte une plus folide gloire,
Dont le bien public eft le fruit.

Il veille : de fon héritage
Chacun paifible poffeffeur
Ne craint point qu'il foit le partage
De l'infatiable oppreffeur :
Notre bonheur feul l'intéreffe ;
L'ordre qu'établit fa fageffe,
Son pouvoir fçait le maintenir ;
Et toujours exempt de tempête,
Son régne eft une longue fête
Qu'on ne craint que de voir finir.

De ſes Etats d'où fuit la Guerre,
Si je parcours les vaſtes champs,
J'y vois de tous côtés la terre
S'ouvrir ſous les coutres tranchans :
Point de plaine inculte & déſerte ;
Par-tout la campagne eſt couverte
D'un Peuple au travail excité ;
Et l'opiniâtre culture
Y ſçait hâter de la nature
La tardive fécondité.

De ſes préſens Bacchus couronne,
Enrichit les rians côteaux :
Sous le poids de ſes dons, Pomone
Aime à voir plier les rameaux.
La moiſſon tombe & va renaître ;
Par-tout l'abondance champêtre
Enfante l'innocent plaiſir :
Et j'entends Tityre qui chante
Sur ſa flûte reconnoiſſante
Le Dieu qui lui fait ſon loiſir.

Que je m'enferme dans les Villes ;
J'y vois les nombreux Citoyens,
Actifs à la fois & tranquilles,
Artisans de leurs propres biens.
Le travail les rend opulentes ;
Les Loix sans cesse vigilantes
Y font régner la sûreté ;
Les richesses même y sont sages ;
Le luxe n'y fait point d'outrages
A l'humble médiocrité.

Là, des plus profondes sçiences
L'étude perce les secrets,
Et la foi des expériences
Assure & hâte leurs progrès.
Du Monarque les mains prodigues ,
Pour prix des sçavantes fatigues,
Tiennent tous ses trésors ouverts ;
Le succès suit toujours la peine ;
Et c'est de là qu'en Souveraine,
Minerve instruit tout l'univers.

Tous les talens ont leur falaire :
Les bienfaits, la protection ;
Mieux encor le bonheur de plaire,
Les guide à la perfection.
Imitateurs de nos ancêtres
Luttez contre vos propres maîtres
Par d'immortelles nouveautés :
La Raifon aux Graces unie,
Fixe le goût & le Génie
A d'invariables beautés.

C'eft-là que créant les fpectacles,
Régne l'ingénieux Pinceau,
De chef-d'œuvres & de miracles
Difpute avec lui le Cizeau.
Quel art né pour orner le monde,
Que l'Emulation féconde
A fon gré n'y faffe fleurir ?
Que de travaux je vois paroître,
Que le tems qui les a vu naître,
Défefpere de voir périr !

Eſt-ce aſſez des arts ordinaires ?
Combien d'autres arts inventés
Rendent ces Peuples néceſſaires
Aux Peuples les plus écartés ?
L'Etranger quittant ſa patrie ;
Tributaire de l'induſtrie,
Deſcend en foule ſur ces bords ;
Son ignorance ou ſa pareſſe
Vient faire au travail, à l'adreſſe
Un hommage de ſes tréſors.

Telle eſt la fortune publique
Que la Paix aſſûre aux Etats ;
Mais le Roi le plus pacifique
Peut-il fuir toujours les combats ?
Des droits que l'Ennemi mépriſe,
D'un Voiſin l'injuſte entrepriſe,
Des Alliés à ſoutenir ;
L'effort d'une Ligue cruelle,
Souvent dans ſes Etats rappelle
La Guerre qu'il en veut bannir.

L'ame d'un beau courroux frappée,
Se léve alors le Souverain ;
Il marche & fçait que de l'épée,
Le Ciel ne l'arme pas en vain.
Qu'on le fuive, qu'on le contemple ;
Dans tous les cœurs fon feul exemple
Porte le courage & l'efpoir ;
Il va fur les pas des Alcides,
Achever des exploits rapides,
Devenus alors fon devoir.

Guerre, que pour notre ruine,
Permet le célefte courroux,
Monftre, par qui la main divine,
A la fois frappe tant de coups.
Ta voix appelle le carnage ;
Que de mortels pleins de ta rage ;
L'un par l'autre vont s'immoler !
Mais, ô Ciel ! à ton trône augufte,
Répondra l'aggreffeur injufte
De tout le fang qui va couler.

De quelque nom que l'on te nomme,
Valeur, reconnois tes excès :
Oui, le vrai Héros, le Grand-Homme
Déplore jufqu'à fes fuccès.
Son ame fagement guerriére,
Hait cette gloire meurtriére
Où le fol orgueil fait courir ;
Et toujours humain, équitable,
Par une guerre inévitable,
C'eft la paix qu'il veut conquérir.

Que par la force de fes armes,
Ses voifins jaloux foient foumis ;
Quel triomphe a pour lui des charmes ?
Le bonheur de fes ennemis.
Que la Victoire le trahiffe ;
Dans fon apparente injuftice
Il entend de juftes arrêts :
Et fe facrifiant lui-même,
Il fauve des fujets qu'il aime,
Aux dépens de fes intérêts.

D'un tel Roi, d'une ame ſi grande,
Quel prix peut payer les projets?
Le ſeul que lui-même il demande;
L'amour, le cœur de ſes ſujets.
Gardé par cet amour fidéle,
Jamais ſon trône ne chancelle,
Il en eſt l'éternel appui;
Et périſſant pour le défendre,
Son Peuple à peine croit lui rendre
Autant qu'il a reçu de lui.

MA muſe, avec cette aſſurance
Qui naît de la ſincérité,
Au prince que pleure la France,
Diſoit ainſi la vérité.
Il m'écoutoit, & ſon ſuffrage
Ranima vingt fois mon courage
S'affoibliſſant à ſon aſpect.
Il daignoit d'une voix touchante,
Soutenir ma voix chancelante
Que faiſoit languir le reſpect.

Dans l'image d'un Prince jufte,
Guerrier, mais ami de la Paix,
Il connut le modéle augufte,
Où ma Mufe avoit pris fes traits.
Publiez, dit-il, ces maximes,
Et répandez ces fages rimes,
Dignes de l'oreille des Rois.
Partez mes vers, il faut l'en croire;
Faites du moins à fa mémoire
L'honneur d'exécuter fes loix.

A

ODES

O D E S

A N A C R É O N T I Q U E S.

A MADAME DACIER
SUR
SON ANACRÉON.
ODE I.

SCAVANTE DACIER, cet ouvrage
Où le galant Anacréon
Parle si bien notre langage,
Paroît en vain sous votre nom.

L'Amour lui seul a sçû le faire ;
Et ce Dieu m'en a fait serment.
Voici comme il conte l'affaire ;
Vous l'en desavoüerez, s'il ment.

De se soûmettre à son Empire
Un jour il somma votre cœur ;
Avec un dédaigneux sourire
Vous défiâtes ce vainqueur.

Il tend fon arc, fléche fur fléche
Dans l'inftant vole contre vous ;
Mais les traits, loin d'y faire bréche,
Sur votre cœur s'émouffoient tous.

D'un de ces traits vous vous vengeâtes ;
Et portant des coups plus certains,
Il eut beau fuir, vous le bleffâtes.
Il tomba captif en vos mains.

Il dit qu'en fortant d'efclavage,
Il vous donna pour fa rançon
Ce qu'il eftimoit davantage,
Et ce fut votre Anacréon.

Comme on imite ce qu'on aime,
J'ofe l'imiter à mon tour ;
Mais je n'ai pas trouvé de même
L'ouvrage tout fait par l'Amour

SOUHAITS.
ODE II.

QUE ne suis-je la fleur nouvelle
Qu'au matin Climene choisit ;
Qui sur le sein de cette belle
Passe le seul jour qu'elle vit !

Que ne suis-je le doux Zéphire
Qui flate & rafraîchit son teint,
Et qui pour ses charmes soupire ,
Aux yeux de Flore qui s'en plaint !

Que ne suis-je l'oiseau si tendre ,
Dont Climene aime tant la voix,
Que même elle oublie à l'entendre
Le danger d'être tard au bois !

Que ne fuis-je cette onde claire
Qui contre la chaleur du jour
Dans fon fein reçoit ma Bergére,
Qu'elle croit la mere d'Amour !

Dieux ! fi j'étois cette fontaine,
Que bientôt mes flots enflammés...
Pardonnez ; je voudrois , Climene ,
Etre tout ce que vous aimez.

VAIN SECOURS
DE
BACCHUS.
ODE III.

JE me plaignois d'une inhumaine
Qu'Amour refusoit d'attendrir ;
Bacchus eut pitié de ma peine,
Et s'offrit à me secourir.

Pour me faire joüir des charmes
Que l'Amour eût dû me livrer,
Un jour il se saisit des armes
De ce Dieu qu'il sçut enyvrer.

Il en blessa ce cœur sévére,
L'objet de mes plus doux souhaits ;
Mais la blessure fut legére,
L'Amour seul sçait lancer ses traits.

SONGE.
ODE IV.

QUE vois-je ! Climene senfible !
   L'Amour a touché votre cœur
Ce changement eft-il poffible ?
N'eft-ce point un fonge trompeur ?

   Vois-je cette même Climene
Qui s'offenfoit de mes défirs ?
Qui toujours févére , inhumaine...
Vous pleurez ! j'entends vos foupirs.

   Long-tems une pudeur barbare
A combattu vos vœux fecrets :
Ah ! qu'aujourd'hui l'Amour répare
Tous les maux qu'elle nous a faits.

   D'une tendreffe mutuelle ,
Chere Climene , enyvrons-nous :
Déja mon cœur... Ciel ! qui m'appelle :
Cruels ! pourquoi m'éveillez-vous ?

L'USAGE
DE
LA VIE.
ODE V.

BUVONS, amis; le tems s'enfuit;
Ménageons bien ce court espace;
Peut-être une éternelle nuit,
Eteindra le jour qui se passe.

Peut être que Caron demain
Nous recevra tous dans sa barque:
Saisissons un moment certain;
C'est autant de pris sur la Parque.

A l'envi laissons-nous saisir
Aux transports d'une douce yvresse.
Qu'importe, si c'est un plaisir,
Que ce soit folie, ou sagesse.

L'AMOUR

REVEILLÉ.

ODE VI.

Dans un lieu folitaire & fombre
Je me promenois l'autre jour :
Un enfant y dormoit à l'ombre ;
C'étoit le redoutable Amour.

J'approche, fa beauté me flate ;
Mais j'aurois dû m'en défier :
J'y vois tous les traits d'une ingrate
Que j'avois juré d'oublier.

Il avoit sa bouche vermeille ;
Le teint aussi vif que le sien.
Un soupir m'échape , il s'éveille ;
L'Amour se réveille de rien.

Aussi-tôt déployant ses aîles ,
Et saisissant son arc vengeur ,
D'une de ses fléches cruelles
En partant il perce mon cœur.

Va , dit-il , aux pieds de Silvie
De nouveau languir & brûler :
Tu l'aimeras toute ta vie,
Pour avoir osé m'éveiller.

PORTRAIT.
ODE VII.

TOI, par qui la toile s'anime,
Sçavant Peintre, prends ton pinceau;
Et qu'à mes yeux ton art exprime
Tout ce qu'ils ont vû de plus beau.

Ne m'entends-tu pas? peins Silvie;
Mais choisis l'instant fortuné,
Où pour le reste de ma vie,
Mon cœur lui fut abandonné.

Au bal, en habit d'Espagnole,
Elle ôtoit un masque jaloux:
Plus promptement qu'un trait ne vole,
Je fus percé de mille coups.

Peins ses yeux doux & pleins de flamme,
D'où l'Amour me lança ses traits;
D'où ce Dieu s'asservit mon ame,
En un instant, mais pour jamais.

Peins ſon front plus blanc que l'yvoire ,
Siége de l'aimable candeur :
Ce front dont Venus feroit gloire ,
S'il y brilloit moins de pudeur.

Pourſuis , peins l'une & l'autre jouë ,
La honte des roſes , des lys ;
Et ſa bouche , où l'Amour ſe jouë
Avec un éternel ſouris.

Peins ſa gorge .... mais non , arrête ,
Ici mon art eſt ſurmonté ;
Et quelques couleurs qu'il apprête ,
Tu n'en peux peindre la beauté.

Laiſſe cet inutile ouvrage.
Non , de l'objet de mon ardeur ,
Il n'eſt qu'une fidelle image ,
Que l'Amour grava dans mon cœur.

PROMESSE
DE
L'AMOUR.
ODE VIII.

HIER l'Amour touché du son
Que rendoit ma lyre qu'il aime,
Me promit pour une chanson,
Deux baisers de sa mere même.

Non, lui dis-je, tu sçais mes vœux,
Sers mieux le penchant qui m'entraîne ;
Au lieu d'une, j'en otire deux,
Pour un seul baiser de Climene.

Il m'en promit ce doux retour :
Ma lyre en eut plus de tendresse :
Mais vous, Climene, de l'Amour
Acquitterez-vous la promesse ?

PUISSANCE

DE

BACCHUS.

ODE IX.

Bᴀᴄᴄʜᴜs, contre moi tout confpire ;
Viens me conf ler de mes maux ;
Je vois, au mépris de ma lyre,
Couronner d'indignes rivaux.

Tout me rend la vie importune ;
Une volage me trahit :
J'eûs peu de bien de la Fortune ;
L'injuftice me le ravit.

Mon plus cher ami m'abandonne,
En vain j'implore son secours ;
Et la calomnie empoisonne
Le reste de mes tristes jours.

Bacchus viens me verser à boire :
Encor . . . bon . . . je suis soulagé.
Chaque coup m'ôte la mémoire
Des maux qui m'avoient affligé.

Verse encor . . . je vois l'allegresse
Nager sur ce jus précieux.
Donne, redouble . . . ô douce yvresse !
Je suis plus heureux que les Dieux.

DIALOGUE
DE L'AMOUR
ET
DU POËTE.
ODE X.

Le P. AMOUR, je ne veux plus aimer ;
J'abjure à jamais ton empire ;
Mon cœur laffé de fon martyre,
A réfolu de fe calmer.

L'Am. Contre moi qui peut t'animer ?
Iris dans fes bras te rappelle.
Le P. Non, Iris eft une infidelle ;
Amour, je ne veux plus aimer.

L'Am. Pour toi j'ai pris foin d'enflammer
Le cœur d'une beauté nouvelle ;
Daphné ... *Le P.* Non Daphné n'eſt que belle :
Amour, je ne veux plus aimer.

L'Am. D'un foupir tu peux défarmer
Dircé, jufqu'ici ſi fauvage.
Le P. Elle n'eſt plus dans le bel âge ;
Amour, je ne veux plus aimer.

L'Am. Mais ſi je t'aidois à charmer
La jeune, la brillante Flore?
Tu rougis... vas-tu dire encore :
Amour, je ne veux plus aimer.

Le P. Non, Dieu charmant, daigne former
Pour nous une chaîne éternelle ;
Mais pour tout ce qui n'eſt point elle,
Amour, je ne veux plus aimer.

REVUE

D'AMOURS.

ODE XI.

IL n'eſt rien, dit-on, que je n'aime;
Vous me le reprochez toujours :
Hier, pour en juger moi-même,
Je raſſemblai tous mes amours.

L'un à la fin de ſa carriére,
Le carquois vuide, l'arc baillé,
Portant un flambeau ſans lumiére,
De vieilleſſe étoit tout caſſé.

L'autre ne battant que d'une aîle,
Qui le soûtenoit à demi ,
Comblé des faveurs d'une belle ,
Etoit déja presqu'endormi.

L'un de dépit rompoit ses armes ,
Accablé d'un malheur nouveau ;
Une ingrate causoit ses larmes ,
Qu'il essuyoit de son bandeau.

L'autre rebuté des caprices
De l'objet qui le fait brûler ,
Pour porter ailleurs ses services ,
Etoit tout prêt à s'envoler.

Avec eux, charmante Climene,
Parurent encor mille Amours ,
Que je reconnoissois à peine ,
Pour m'avoir servi quelques jours.

Mais un autre, dont, ce me semble,
La beauté les effaçoit tous ;
Sur un portrait qui vous reffemble,
Attachoit fes regards jaloux.

Auffi-tôt qu'on le vit paroître,
Toute la troupe s'envola ;
Et je n'en veux plus laiffer naître :
Il me fuffit de celui-là.

PROJET

INUTILE

ODE XII.

Quoi toujours de tendres chanſons ?
Amour , ſouffre que je reſpire ,
Et qu'au moins une fois ma Lyre
Me rende de plus nobles ſons.

Je veux , célébrant les hazards
Que nous fait affronter la gloire ,
Chanter un Hymne à la Victoire ,
Et de ma main couronner Mars.

Viens, terrible Dieu des combats,
Conduis Bellone fur tes traces :
Quitte la Déeffe des Graces,
Arrache-toi d'entre fes bras.

Mais quoi ! dans le fein de Cypris
Le plus doux des plaifirs t'arrête !
En jouiffant de ta conquête,
Ton bonheur t'en rend plus épris.

Confondus par mille foupirs,
Vos cœurs l'un à l'autre fe livrent.
Heureux cent fois ceux qui s'enyvrent
Du charme des mêmes plaifirs !

Amour, fi jamais moins cruel,
Pour moi tu fléchiffois Silvie,
Dans ces délices que j'envie,
J'oublierois que je fuis mortel.

Mais, où suis-je ! & par quel détour
Pourrois-je revenir aux armes ?
Je voulois chanter les allarmes :
Je n'ai pû chanter que l'Amour.

VEN-

VENGEANCE
DE
L'AMOUR.
ODE XIII.

TANT que volant de belle en belle
  De Vénus j'ai fuivi la Cour,
C'étoit toujours plainte nouvelle
Que je faifois contre l'Amour.

Philis fembloit-elle moins tendre,
Fuyoit-elle moins mes Rivaux ;
Falloit-il un moment l'attendre ;
Amour, difois-je, que de maux !

Tome I.   K

Qu'on m'aimât d'un amour extrême,
Tendre, délicat & conſtant;
Au milieu des délices même,
Je ſçavois n'être pas content.

Ce n'étoit que ſoupçons, que craintes,
Que dépits, regrets ſuperflus.
Je vis l'Amour; finis tes plaintes,
Va, dit-il, tu n'aimeras plus.

Il s'enfuit; de l'indifférence
J'éprouve auſſi-tôt la langueur.
Que tu choiſis bien ta vengeance,
Amour, quand tu punis un cœur !

L'ennui, la triſteſſe inhumaine
Ont pris la place des plaiſirs :
Pardon; prens pitié de ma peine,
Viens; rens-moi du moins les déſirs.

LES ÂGES.
ODE XIV.

AMOUR, c'eſt à toi que je livre
Le court eſpace de mes jours ;
Et je ne voudrois toujours vivre
Que pour pouvoir aimer toujours.

Tu fais le charme de tout âge ;
Tout âge languit ſans tes feux :
Tendre, jaloux, conſtant, volage,
Pourvû qu'on aime, on eſt heureux.

Jeune autrefois, j'étois fidelle ;
Ah ! qu'alors je trouvois de goût
Dans un ſeul ſouris de ma belle,
Dans un rien ! ce rien m'étoit tout.

Plus mûr, nul objet ne m'arrête,
Mais tous allument mes ardeurs ;
Amour, de conquête en conquête
Je voudrois dompter tous les cœurs.

L'âge avance toujours, que faire ?
Vieux, je veux encor m'enflammer.
Quoi, dira-t-on, aimer sans plaire ?
Oui ; n'est-ce donc rien que d'aimer ?

LES
VRAIS PLAISIRS.
ODE XV.

DEs favoris de la Victoire,
Je sçais méprifer le renom ;
Je n'irai point , yvre de gloire,
Affronter la mort pour un nom.

Que d'autres encenfent l'Idole
Du faste & de l'autorité ;
Pour l'efpoir d'un honneur frivole,
Je ne vends point ma liberté ;

Que de crainte toujours faifie,
L'Avarice compte fon bien ;
Je regarde fans jaloufie
Un tréfor qui ne fert de rien.

Irois-je veiller fur un Livre,
Avide d'un fçavoir profond ?
Le tems que nous avons à vivre
Eft fi court & l'art eft fi long !

Je ne fçais qu'aimer & que boire,
Et nuit & jour j'aime & je bois ;
C'eft-là ma fcience, ma gloire,
Mes richeffes & mes emplois.

Les plaifirs qui font notre ouvrage
Coûtent trop, font trop imparfaits ;
Je crois la nature plus fage ;
Je me tiens à ceux qu'elle a faits.

ODES

PINDARIQUES.

AVIS.

PIndare avoit fait des Hymnes pour tous les Dieux ; & il n'avoit oublié que Proserpine. Cette Déesse, à ce que raconte Pausanias, lui apparut un jour, & lui reprocha son oubli. Il s'engagea, comme le souhaitoit la Déesse, à réparer cette faute dès qu'il seroit arrivé dans son Empire. En effet étant mort quelque tems après, une de ses amies le vit en songe, lui chantoit l'Hymne qu'il venoit de composer aux Enfers en faveur de Proserpine. Cette Hymne prétendue de Pindare, est le sujet de mon Ode. Je le fais parler lui-même, & je tâche d'autant plus de m'élever à son ton & à ses idées. J'y affecte même quelque désordre ; & j'y fais entrer une digression sur Corine qui avoit remporté cinq fois sur Pindare le prix de la poësie Lyrique ; en partie, à ce que croit Pausanias parce qu'elle étoit fort belle, & en partie parce qu'elle écrivoit en Langue Eolique qui étoit celle du peuple, au lieu que Pindare se servoit de la Langue Dorique, qui étoit moins vulgaire.

PINDARE

AUX ENFERS.

ODE

A MONSIEUR

DE TOUREIL.

ÉPOUSE du sombre Monarque,
Enfin l'impitoyable Parque
A ton Empire m'a soumis :
J'ai passé les bords du Cocyte :
Il faut que mon ombre s'acquite
Du tribut que je t'ai promis.

K

Ecoute ; jamais tes oreilles
Par de si puissantes merveilles
Ne se sentirent enchanter ;
Même , quand le Chantre (*a*) de Thrace
Guidé d'une amoureuse audace ,
Vint te forcer de l'écouter.

Mes chants passent ces chants perfides ,
Piéges qu'aux Nautonniers avides
Tendent les Muses (*b*) de la mer ;
La douceur en est plus charmante
Que le Nectar qu'on te présente
A la table de Jupiter.

Typhée enchaîné dans ce gouffre ,
D'où partent la flamme & le souffre
Que vomit l'effroyable Æthna ,
Jadis de sa prison profonde ,
Donna des secousses au monde ,
Dont le Dieu des morts s'étonna.

(*a*) Orphée. | (*b*) Les Syrennes.

Il craignit qu'au trifte rivage,
La Terre n'ouvrît un paffage
A l'Aftre par qui le jour luit :
Et qu'ufurpateur des lieux fombres,
Il n'y vînt effrayer les ombres,
Eternels fujets de la Nuit.

Il vint aux champs de Syracufe,
Et là, fur les bords du Pegufe,
L'Amour à tes lois l'affervit.
Effet digne de ta préfence !
En un inftant le Dieu s'avance,
Te voit, t'adore & te ravit.

O mes compagnes ! ô ma mere !
O vous, maître des Dieux, mon pere !
Cris impuiffans & vains regrets.
Au char la Terre ouvre une voye,
Et déja le Stix voit la proye,
Que Pluton enleve à Cérès.

K vj

Maîs Ciel ! quel défefpoir la preffe !
Je vois la flamme vengereffe
Qu'elle allume aux brafiers d'Æthna.
Sicile, terres défolées,
Vous vîtes vos moiffons brûlées,
Par la main qui vous les donna.

Loin une Raifon trop timide :
Les froids Poëtes qu'elle guide,
Languiffent & tombent fouvent.
Venez, Yvreffe téméraire,
Tranfports ignorés du vulgaire,
Tels que vous m'agitiez vivant.

Je ne veux point que mes ouvrages
Reffemblent, trop fleuris, trop fages,
A ces jardins, enfans de l'art :
On y vante en vain l'induftrie :
Leur ennuyeufe fymmetrie
Me plaît moins qu'un heureux hazard.

J'aime mieux ces forêts altiéres,
Où les routes moins réguliéres
M'offrent plus de diverſité :
La Nature y tient ſon empire,
Et par-tout l'œil ſurpris admire
Un déſordre plein de beauté.

Déeſſe , ni par artifice,
Ni par vœux , ni par ſacrifice.
Nul de nous ne peut t'échaper :
Thétis même en trempant Achille,
Laiſſe à la trame qu'on lui file,
Encor un endroit à couper.

Quelles légions de phantômes,
Nouveaux hôtes de ces Royaumes,
S'y raſſemblent de toutes parts !
Combien chaque inſtant en ameine !
Leur apparition ſoudaine
Eſt plus prompte que les regards.

La Parque ne fait point de grace ;
Tout meurt : c'eſt pour l'humaine race
L'inviolable arrêt du Sort.
Le rang, le ſçavoir, le courage,
Rien de tes loix ne nous dégage,
Tout meurt, puiſque Pindare eſt mort.

Triomphe, Déeſſe inflexible :
Fiére de ton ſceptre terrible,
Ne céde pas même à Junon :
Tout eſt ſous ton obéiſſance :
Et rien ne vaincra ta puiſſance,
Que mes ouvrages & mon nom.

Ciel ! de ſa Lyre Æolienne,
Corinne interrompant la mienne,
Se préſente à mes yeux ſurpris !
Quel orgueil jaloux la dévore ?
Sur mon ombre veut-elle encore
Remporter un injuſte prix.

Approche impuiſſante Rivale :
Chante , & que la troupe infernale
Juge aujourd'hui de nos chanſons.
Tu ne me cauſes plus d'allarmes :
Et tes yeux ont perdu les charmes
Qui briguoient le prix pour tes ſons

Reconnois déja ta foibleſſe :
Eh ! qui pour t'entendre s'empreſſe ,
Qu'un peuple ignorant & ſans nom ?
Tandis qu'autour de moi j'attire
Les Héros , les Dieux de la Lyre ,
Orph⋅e , Homere , Anacréon.

A mes pieds s'abaiſſe Cerbere ,
J'ai calmé ſa rage ordinaire ,
Ses regards ne menacent plus :
Ses oreilles ſont attentives ;
Et de ſes trois gueules oiſives ,
Les hurlemens ſont ſuſpendus.

Quels prodiges ma Lyre caufe !
Sifiphe étonné fe repofe,
Son rocher vient de s'arrêter :
Et je vois chaque Danaïde
Demeurer fur leur tonne vuide
Immobile pour m'écouter.

Jufqu'au petit fils de Saturne,
Minos perd le foin de fon Urne,
Occupé de mes fons vainqueurs.
Je vois les Parques attendries :
De leurs mains même les Furies
Laiffent tomber les feux vengeurs.

TOUREIL, c'eft ainfi qu'au Ténare
De fes airs le divin Pindare
Charmoit Proferpine & les morts.
Mais non, tu connois trop fa Lyre,
Non, tout ce que tu viens de lire,
N'eft que l'ombre de fes accords.

O ! que n'ai-je ce goût sublime ,
Ce génie ardent qui t'anime ,
Ce choix qui brille en tes écrits !
J'aurois dans une Ode immortelle ,
Si bien imité mon modèle
Que tes yeux s'y feroient mépris.

AVIS.

CEtte Ode est imitée de la quatorziéme Olympique de Pindare, où après avoir célé-bré les Graces, il les prie de chanter avec lui la gloire d'A-sopic, & presse la Renommée de pénétrer au Palais de Pro-serpine, pour y apprendre à Cléodame la nouvelle victoire de son fils.

LES GRACES.
ODE
A S. A. S.
MONSEIGNEUR LE DUC
DE VENDÔME.

Déesses, jadis adorées
Dans des abondantes contrées
Où Céphise roule ses eaux :
Que mon hommage vous attire ,
Graces , venez toucher ma Lyre,
Et tirez-en des sons nouveaux.

Par vous une (a) troupe vaillante
Enleva la Toison brillante
Que gardoit le Dragon de Mars :
En vain son haleine enflammée ,
Et ses dents , meres d'une armée ,
En étoient les affreux remparts.

(a) Les Argonautes.

Par une puiffance fecrette,
Du cœur de la fille d'Aëte,
Vous fîtes triompher Jafon :
Vous lui prétâtes tous vos charmes ;
Et bien-tôt le Scythe en allarmes
Perdit Medée & la Toifon.

L'Amour vous doit fes traits, fes flammes ;
A votre afpect naît dans les ames
La défirable volupté :
Sans vous, rien ne nous intéreffe,
C'eft à vous d'orner la Sageffe,
Et de faire aimer la Beauté.

Malgré l'appareil délectable,
Jufques à la célefte table
L'ennui s'introduiroit fans vous ;
Au goût de la troupe choifie,
Vous affaifonnez l'Ambrofie,
Et rendez le Nectar plus doux.

Tout fleurit par vous au Parnasse ;
Apollon languit & nous glace,
Si-tôt que vous l'avez quitté :
Mieux que les traits les plus sublimes,
Vous allez verser sur mes rimes,
Le don de l'immortalité.

Oui, je sens que pour moi Thalie
A ses Sœurs aujourd'hui s'allie ;
Elle me dicte mes chansons.
Quels vers vont couler de ma veine !
La Raison obéit sans peine
A la contrainte de mes sons.

Je célébre un nouvel Hercule ;
Et si, bravant un vain scrupule,
Je joins les Graces aux combats,
N'en est-il pas de martiales ?
Telles que tu nous en étales,
Guerriére & charmante Pallas.

C'eſt par vos héroïques Graces ,
Que V E N D Ô M E ſçait ſur ſes traces ,
Enchaîner les cœurs des Soldats ;
Ces cœurs plus puiſſans que l'épée
Aux eaux infernales trempée ;
Ces cœurs la force des Etats.

Des Guerriers l'ami le plus tendre ,
Une égale ardeur lui doit rendre
Un ami dans chaque Guerrier.
En eſt-il un ſeul qui ne tente ,
Malgré la Parque menaçante ,
D'être en mourant ſon bouclier ?

Toi , Déeſſe aux rapides aîles ,
Qui des actions immortelles
Inſtruis ſeule tout l'Univers ,
Pénétre aux ténébreux rivages ;
Force , pour t'y faire un paſſage ,
Les noires portes des Enfers.

Cherche, entre les Royales ombres,
HENRY, l'honneur de ces lieux sombres,
Ce Prince autrefois notre appui ;
Peins VENDÔME aux yeux de son Pere ;
Dis-lui l'usage qu'il sçait faire
Du sang qu'il a reçû de lui.

Fais voir cet invincible Alcide,
Cherchant d'une course rapide,
La gloire à travers les hazards :
Peins ces Villes, sanglants théatres,
Que ses siéges opiniâtres
Ouvrirent à nos étendards.

Mais sur-tout décris le carnage
Que vit l'Adda sur son rivage,
Dès que ce vainqueur y parut ;
Ces corps pleurés de tant de veuves,
Que l'onde porte au Dieu des Fleuves,
Surpris de ce nouveau tribut.

Eugene au fort de la tempête,
Crut même sentir sur sa tête
La pesante faulx du trépas :
Dans la fuite il chercha sa gloire ,
Et compta pour une victoire ,
D'avoir sauvé quelques Soldats.

A V I S.

L'Ode suivante est imitée de la douziè-
me Olympique de Pindare, où après
les loüanges de la Fortune , il fait entendre à Ergotele, qu'une sédition avoit éloigné
de son pays, que c'est à son malheur qu'il
doit sa gloire.

LA FORTUNE,

O D E

A MONSEIGNEUR

LE MARECHAL

D U C

DE BERWIC.

FORTUNE, ma Muſe t'appelle ;
Pour BERWIC ſeconde mon zéle ;
De ſa vie embellis le cours :
Conſtante une fois , ſur ſes traces,
Que par quelqu'une de tes graces
Il puiſſe compter tous ſes jours !

L

Nous te devons ce que nous fommes ;
C'eft ta main qui des foibles hommes
Fait, à fon gré, rouler le fort.
Seule, fur les ondes ameres,
Tu fais, aux vaiffeaux téméraires,
Trouver le naufrage ou le port.

Des combats fiere fouveraine,
C'eft, ou ta faveur, ou ta haine,
Qui détourne ou conduit les traits ;
Et, fans ton arrêt qui l'ordonne,
Un front que le laurier couronne,
N'eût été ceint que de cyprès.

Tout fuit ton empire infléxible ;
Préfente & toujours invifible,
Tu prens place aux Confeils des Rois ;
Quand, dans fon aveugle foiblefle,
Le Peuple croit que la Sageffe
Elle feule y dicte fes loix.

LA FORTUNE.

Si, cédant à l'impatience,
Notre crainte ou notre espérance
Cherche à pénétrer tes decrets,
Bientôt un trouble inévitable
Punit l'empressement coupable
Qui veut en sonder les secrets.

Les Dieux que nos soupirs implorent,
Peut-être eux-mêmes les ignorent,
Ou n'osent nous les révéler :
S'ils nous accordent quelque oracle,
D'un sens menteur, nouvel obstacle,
Ils savent toujours le voiler.

Pour tromper l'humaine prudence,
Tu te plais, contre l'apparence,
A ranger les événemens.
Souvent, des ris naissent les larmes,
Et quelquefois de nos allarmes
Naissent nos plus heureux momens.

Lorfque l'Auteur de ta naiſſance
De ſon peuple fuit l'inſolence,
Le même coup perça ton cœur :
BERWIC, dans ce funeſte orage,
Tu crus voir, d'un commun naufrage,
Périr ta gloire & ton bonheur.

Fuis des lieux dignes du tonnerre ;
Le Ciel va dans une autre terre
Relever ton ſort abattu :
La France, redoutable au crime,
Sert d'aſyle aux Rois qu'on opprime,
Et de patrie à la Vertu.

'Après l'effort de la tempête,
C'eſt là que LOUIS, ſur ta tête,
Fait lever un jour plus ſerain ;
Et, te confiant ſes armées,
A la victoire accoutumées,
Te met les lauriers à la main.

La Fortune.

Marche , la gloire t'accompagne ;
Ta valeur affermit l'Espagne
Sous une douce & juste loi ;
Et le Tage a vû sur ses rives ,
D'Albion les troupes craintives ,
Fuir devant le fils de leur Roi.

Sur cette inaccessible roche ,
Quel Fort (a) de l'Olympe s'approche !
Quels Titans faut-il en chasser ?
Tu viens ; tout fuit, tout est en poudre :
Jupiter t'a commis la foudre :
Quel bras eût mieux sû la lancer ?

Poursuis, sers d'une ardeur constante
Un Héros dont la main puissante
Prit soin d'adoucir tes douleurs ;
Et qu'à jamais , dans notre histoire ,
L'avenir admire ta gloire ,
Peut-être dûe à tes malheurs.

(a) Nice.

AVIS.

CETTE Ode eſt imitée de la douziéme Phytique de Pindare, où, en louant Midas, joueur de flûte, il raconte l'invention de cet inſtrument par Pallas. Comme Pindare parle d'une flûte guerriere, & que je parle d'une flûte douce, j'ai ſubſtitué à la fable de Pallas celle de Pan & de Syrinx.

LA FLUTE,

O D E

A MONSIEUR

DE LA BARRE,

Fameux Joueur de Flûte
Allemande.

PRENS place en mes vers, cher LA BARRE,
Ne crois pas que ma Muſe avare
N'adreſſe ſon encens qu'aux Grands.
Ce n'eſt point l'eſpoir qui m'excite;
Et je rens au ſimple mérite
Le même honneur que je leur rens,

Je chante ces douces merveilles;
Ces sons, souverains des oreilles,
Que ta flûte forme à ton gré;
Cet art redoutable aux cruelles,
Qu'inventa, pour triompher d'elles,
Le Dieu dans les bois adoré.

Syrinx, d'une course hardie,
Dans les forêts de l'Arcadie,
Poursuivoit leurs hôtes légers :
Le péril accroît son courage ;
Elle craint le tendre esclavage,
Et ne craint point d'autres dangers.

Lasse un jour, elle se repose;
A ses côtés elle dépose
Ses fléches, son arc & son cor :
PAN la voit, la prend pour Diane,
Mais aussi-tôt il se condamne,
Et la trouve plus belle encor.

Brûlant d'une foudaine flamme,
Il lui dit l'ardeur de fon ame ;
Elle part au même moment :
En vain il la fuit & l'appelle :
Comme un cerf fuyoit devant elle ,
Elle fuit devant fon amant.

Déja la Belle fugitive ,
Du Ladon atteignoit la rive ,
Et l'onde l'arrête en ce lieu.
Confufe à ce nouvel obftacle ,
Des Dieux elle implore un miracle
Contre les attentats d'un Dieu.

Ses piéds difparoiffent fous l'herbe ,
Tout fon corps n'eft plus qu'une gerbe
De longs & d'humides rameaux ;
Et quand , dans fon tranfport extrême ,
PAN croit embraffer ce qu'il aime ,
Il n'embraffe que des rofeaux.

Il en fort un tendre murmure ;
Dont, malgré fa trifte aventure,
Il fent fufpendre fon ennui.
Le bruit de ces rofeaux l'enchante ;
Il aime la plainte rouchante
Qu'ils femblent former contre lui.

Sur un de ces rofeaux qu'il touche,
Il foupire, il preffe fa bouche ;
Le rofeau lui rend fes foupirs ;
Il en fait l'inftrument aimable,
Monument à jamais durable
De fes infortunés defirs.

Cet inftrument, fes feules armes,
Déformais fupplée à fes charmes ;
Il n'a plus que d'heureux amours.
Dans fon changement moins rebelle,
Syrinx, pour vaincre une cruelle,
Eft elle-même fon fecours.

Ainsi ta Flûte enchanteresse,
La Barre, inspire la tendresse;
Tout s'enflamme à tes sons vainqueurs;
L'Amour même en devient plus tendre,
Et, ne songeant plus qu'à t'entendre,
Il te laisse blesser les cœurs.

Un Dieu conduit ta main savante.
A ces sons que ta Flûte enfante,
Apollon & Pan ont leur part.
En vain l'orgueil veut nous séduire;
Les Dieux seuls peuvent nous instruire
Des dernieres beautés d'un art.

C'est par eux que d'arides plaines
Virent les murailles Thébaines
Naître des accords d'Amphion :
C'est par eux que les Néréides
Virent, d'entre les bras perfides,
Un Dauphin sauver Arion.

Privé du secours de son pere,
Orphée eût-il fléchi Cerbere,
Et de la mort forcé les loix ?
Eurydice, malgré la Parque,
Eût-elle repassé la barque,
Qu'on ne doit passer qu'une fois ?

Heureux & malheureux Orphée !
Ne pouvois-tu de ton trophée
T'assûrer un moment plus tard ?
L'Enfer te rendoit sa captive ;
Mais, hélas ! ton amour t'en prive
Par un impatient regard.

Ne l'imite pas, cher LA BARRE,
Si quelque jour jusqu'au Ténare
Tu vas rechercher ton Iris :
Sois plus fidéle au Dieu des Ombres ;
Et sans la voir, sors des lieux sombres,
Si ton bonheur est à ce prix.

Fin de la premiere Partie.

Imprimé en France
FROC031143230120
23250FR00019B/282/P

9 782329 361468